평행세계 속의 먼치킨 11

2023년 12월 7일 초판 1쇄 인쇄
2023년 12월 12일 초판 1쇄 발행

지은이 운천룡
발행인 강준규

기획 이기헌 왕소현 임동관 박경무 강민구 조익현
책임편집 주현진
마케팅지원 이원선

발행처 (주)로크미디어
출판등록 2003년 3월 24일
주소 서울시 마포구 마포대로 45 일진빌딩 6층
Tel (02)3273-5135 **Fax** (02)3273-5134
홈페이지 rokmedia.com **E-mail** rokmedia@empas.com

© 운천룡, 2023

값 9,000원

ISBN 979-11-408-1141-0 (11권)
ISBN 979-11-408-0705-5 04810 (세트)

평행세계 먼치 속의 킹

운천룡 퓨전 판타지 장편소설

CONTENTS

1장

대장의 명령을 받은 부하들이 다시 분주하게 움직이며 대응하려던 그때, 공격하던 양자파동포들이 일제히 공격을 멈추었다.

"양자파동포의 공격이 멈추었습니다!"

"그게 무슨 소리야?"

"사, 사라졌습니다!"

"뭐? 양자파동포에 소멸한 것인가?"

"그것은 모르겠습니다! 어느 순간 사라졌습니다! 그와 동시에 양자파동포의 공격도 멈추었습니다!"

"그럼 소멸한 것이겠군. 양자파동포를 맞고도 무사할 수 있을 리가 없지. '그놈'들도 아닌데."

"'그놈'들이어도 양자파동포는 버티지 못할 겁니다."

부하의 대답에 대장이 알 수 없는 표정을 지으며 피식 웃었다.

"자네 말처럼 정말 그랬으면 좋겠군. 상부에 보고는 중지해. 대상이 사라졌으니 굳이 혼란을 줄 필요는 없다."

"넵! 알겠습니다!"

대장은 조용히 의자에 앉아 조금 전까지 홀로그램 속에서 보였던 미스터리한 것의 정체를 생각했다.

'뭐였을까? 우리를 찾아 뒤쫓아 온 동족이었나? 아니면…… 무엇일까…….'

꼬리장식

한편, 이들을 이렇게 혼란 속에 빠트린 장본인인 영웅은 유유히 거대한 장벽을 넘어 도시 안으로 들어온 상태였다.

흙더미와 건물 잔해들이 넘쳐 나는 바깥세상과는 달리, 도시의 모습은 의외로 활기찼다.

깔끔하게 정리된 대리석 같은 바닥과, 하늘 높게 솟구쳐 있는 미래지향적으로 생긴 화려한 건물들이 거리를 가득 메우고 있었다.

도로엔 타원형으로 된 자동차들이 공중을 떠다니고 있었고, 거리의 사람들은 제복 같은 것을 입고 자유롭게 돌아다니고 있었다.

"우와, 여긴 완전 별천지네."

영웅은 신기한 표정으로 사방을 둘러보다가, 자신이 찾는 사람의 기운이 느껴지는 곳으로 몸을 옮기기 시작했다.

투명화가 되어 있는 상태여서 사람들은 그의 존재를 알아차리지 못하고 있었기에, 영웅은 아무런 제지 없이 거리를 자유롭게 돌아다닐 수 있었다.

그렇게 이곳저곳을 구경하다가 도착한 곳은 거대한 경기장 같은 곳이었다.

"응? 경기장?"

특이하게 경기장 안에서는 엄청난 살기가 흘러나오고 있었다.

영웅은 고개를 갸웃거리며 안으로 들어갔고, 이내 살기의 정체를 알 수 있었다.

그곳은 바로 콜로세움 같은 격투장이었다.

사람들은 저마다 흥분해서 소리를 치며 경기를 관람하고 있었다.

격투가 벌어지는 무대에선 정말로 서로를 죽일 것 같은 모습으로 싸우고 있었다.

영웅은 조용히 자리에 앉아 그것을 감상했다.

감상을 하다 보니 무언가 이상했다.

격투가 벌어지는 무대와 관객석 사이에 거대한 돔 형태의 보호막 같은 것이 설치되어 있었기 때문이다.

왜 그것이 설치되어 있는지 의아해할 때쯤, 그 이유를 알수 있었다.

콰쾅!

거대한 폭발음이 들리며 무대에서 검은 연기가 올라왔고 경기장 전체에 진동이 울렸다.

격투하던 도중 한 명이 특수한 능력을 발휘해 상대방을 공격한 것이다.

그랬다.

저기에 있는 파이터들은 이곳 사람들이 말하는 특수한 능력을 지닌 사람들이었다.

현재 영웅이 사는 세상에선 특수한 능력을 갖춘 각성자들이 대접을 받고 살아가고 있었는데, 이곳은 아니었다.

오히려 사람들의 눈요깃거리가 되어 이런 격투장에서 피를 흘리고 있었다.

이렇게 생각하는 이유는 저기서 싸우고 있는 선수들의 상태 때문이었다.

얼마나 오랫동안 씻지 않았는지 몸 전체가 지저분했고 여기저기 아물지 않은 상처들도 보였다. 머리는 언제 씻었는지 알 수도 없을 만큼 떡이 져 있었고 영양도 부족한지 몸 상태도 그다지 좋아 보이지 않았다.

아무리 보아도 전문적인 선수들의 몰골이 아니었기에 영

웅은 좀 더 지켜보기로 했다.

지켜보는 와중에 영웅은 바깥세상과 완전히 다른 세상을 보며 의구심이 생겼다.

이 정도까지 문명을 회복했음에도 이들은 이곳만을 한정해서 발전을 시켰다.

'그 외계 종족을 방비하기 위함인가?'

그렇다면 세계에 퍼져 있는 사람들을 규합해 세력을 더 키우는 것이 맞지 않나 생각하는 영웅이었다.

이런저런 생각을 하고 있던 그때, 관중석에서 환호성이 들려왔다.

누군가 승리를 한 모양이었다.

고개를 들어 바라보니 몸의 절반이 기계인 남자가 기계 팔을 높이 들며 환호하고 있었다.

바닥에 있는 패배자는 죽어 가고 있는 것이 느껴졌다.

"죽여라! 죽여라! 죽여라!"

관중석에서 사람들의 외침이 들려왔다.

기계 팔을 든 남자가 그 외침에 미소를 지으며 기계 팔을 변형시키기 시작했다.

이내 도끼 모양으로 바뀐 팔이 바닥에 쓰러져 있는 남자를 향해 휘둘러졌다.

깡―!

그 순간 무언가에 막힌 도끼에 불꽃이 일어나며 튕겨 나갔고, 그 순간 장내가 순식간에 고요해졌다.

격투장에는 어느 젊은 청년이 기계 팔이 휘두른 도끼를 지 팡이로 막아서고 있었다.

청년이 이렇게 뛰쳐나와 막을 수 있던 이유는 선수 대기실 역시 개방되어 있었기 때문이었다.

물론, 경기장 쪽으로만 개방이 되어 있었다. 관중은 가끔 가다 이렇게 정의감에 넘쳐 뛰쳐나와 경기 흐름에 변수가 생 기는 것을 즐겼다.

그랬기에 그 누구도 이 청년이 경기를 방해하는 것을 막지 않았다.

뛰쳐나온 청년의 모습은 다른 이들과 달리 곱상한 외모에 여기저기 해져 있었지만 나름 깔끔한 옷차림을 하고 있었다.

영웅은 청년을 보고 눈을 반짝였다.

자신이 찾던 바로 사람이 눈앞에 떡하니 나타나 준 것이 다.

'정의감이 넘치는 청년이군.'

영웅의 눈에 비친 청년의 모습은 정의감으로 똘똘 뭉친 모 습이었다.

"이게 무슨 짓입니까! 이미 승패는 났습니다! 그쯤 하시지 요."

청년은 바닥에 쓰러진 남자를 보호하며 눈앞에 있는 기계 팔 남자에게 외쳤다.

그 모습을 흐뭇한 표정으로 바라보고 있을 때 관중석에서 야유가 터져 나왔다.

"우우우우!"

"죽여라! 죽여라! 죽여라!"

다시 시작된 잔혹한 외침이 격투장 전체를 뒤덮었다. 기계 팔 남자는 사악한 미소를 지으며 자신의 기계 팔을 다시 변형시키기 시작했다.

"크큭! 애송이, 들리나? 관중은 살려 두는 것을 원하지 않는데?"

"감독관! 여기 승패가 났습니다! 당장 이 미친 짓을 멈추게 해 주시오!"

청년은 격투장 한쪽에서 이것을 지켜보고 있는 격투장의 감독관들을 향해 애절하게 외쳤다.

하지만 감독관들은 그런 청년의 외침을 비웃으며 엄지손가락을 아래로 향하고는 흔들었다.

죽이라는 뜻이었다.

어느새 팔의 변형을 끝낸 기계 팔 남자가 감독관의 모습을 보고는 히쭉 웃으며 말했다.

"크크큭, 나름 정의감이 넘쳐서 나선 모양인데 이게 현실이다. 잘 가라."

"이, 이러지 마십시오!"

"애송이, 우리는 저들의 장난감일 뿐이다. 그것을 깨닫지 못하면 이곳에서 살아 나갈 수 없지."

남자의 기계 팔은 거대한 칼로 변해 있었고, 남자는 그것을 그대로 청년을 향해 휘둘렀다.

청년은 손에 들고 있는 지팡이로 그것을 재빨리 막으며 거리를 벌리고 외쳤다.

까앙—!

"크윽! 블링크! 매직 미사일!"

슈슈슝—!

거리를 순식간에 벌린 청년의 머리 위로 푸르스름한 기운이 생성되었고 이내 기계 팔 남자를 향해 날아갔다.

청년의 공격을 기계 팔 남자는 너무도 자연스럽게 자신의 팔을 들어서 막아 냈다. 그는 아무렇지 않은 표정으로 미소 지으며 말했다.

"내 몸을 이루고 있는 이 금속은 특별한 금속이지. 그런 시시한 공격으로는 타격을 주지 못한다, 애송이. 차라리 저 바닥에 누워 있는 놈이 더 강한 것 같구나."

"이익!"

기계 팔 남자의 말에 자존심이 상했는지, 청년은 지팡이를 들어 기계 팔 남자를 겨누고 외쳤다.

"기가 라이트닝!"

쿠르릉— 번쩍—!

빠지지직—!

청년의 외침에 기계 팔 남자의 머리 위로 푸른 구체가 생성되더니 이내 기계 팔 남자를 향해 뇌전을 뿌렸다.

뇌전을 맞은 남자는 아무렇지 않은 듯이 미소를 지으며 청년을 향해 천천히 걸음을 옮기기 시작했다.

"크크큭, 나름 짜릿했어. 그런데 어쩌나? 이 정도 위력은 오히려 나의 몸에 활력을 불어넣어 주는데. 안 보이나? 내 몸의 절반은 기계라는 것이 말이야."

기계 팔 남자가 누런 이를 드러내고 연신 미소를 지으며 청년을 향해 천천히 걸어갔다. 마치 포식자가 궁지에 몰린 먹잇감을 향해 걷는 것 같았다.

청년은 자신의 공격이 먹히지 않았음에도 당황하지 않고 당당한 얼굴로 남자를 향해 다시 공격을 시작했다.

"그렇습니까? 그렇다면 이건 어떻습니까! 아이스 볼트!"

촤학-!

퍼억- 쩌적-!

청년의 지팡이에서 드라이아이스처럼 한기가 넘실거리는 구체가 빠른 속도로 날아가 기계 팔 남자의 팔에 적중했고, 적중한 일부분이 급속 냉동되어 얼어붙었다.

"시원하군."

파캉-!

기계 팔 남자가 얼어붙은 자신의 팔을 살짝 비트니 얼음덩어리들이 산산이 조각나며 사방으로 흩어졌다.

'제길, 나는 아직 상위 마법을 제대로 익히지 못했는데. 그보다 이 남자…… 강하다.'

청년은 살짝 당황스러운 표정을 지으며 다시금 거리를 벌렸다.

지금까지 자신이 상대했던 자들은 이 정도 마법이면 충분했기에, 눈앞의 남자도 충분히 상대할 수 있으리라 생각했다.

'나는 아직 멀었군. 그동안 약자들을 상대로 이기고 강하다고 생각하는 오만을 저질렀구나.'

마법사는 근접 공격에 약했기에 다시 거리를 벌렸다. 멀어지는 와중에 청년은 생각했다.

'아니다! 이렇게 쉽게 포기하면 안 돼! 너는 할 수 있다!'

청년이 생각에 생각을 거듭하며 거리를 벌리는 그 순간, 청년의 눈앞에 회색빛 잔상이 나타났다.

"크큭! 쥐새끼 같은 놈이 도망은 잘 다니는구나."

기계 팔 남자가 순식간에 거리를 좁히며 다가와 드릴로 변한 자신의 팔로 청년의 몸을 뚫을 기세로 찔러 들어갔다.

위이이잉-!

후웅-!

"제, 제길! 배리어!"

청년은 자신을 향해 날아오는 드릴을 바라보며 다급하게 배리어를 펼쳤고, 이내 드릴과 배리어가 충돌했다.

쩌엉-!

드드득-!

강한 충격과 함께 부딪친 드릴이 청년이 펼친 배리어를 뚫기 위해 맹렬하게 회전했다.

"크크크! 제법 재롱을 부리는구나! 그 보호막과 함께 꿰뚫어 주마!"

드드드득-!

"크흑! 브, 블링크!"

청년이 재빨리 그곳을 벗어나기 위해 마법을 전개하는 순간, 청년의 다리가 무언가에 의해 잡혔다.

철컹-!

묵직한 느낌에 놀라서 다리를 바라보니, 기계 팔 남자의 다리에서 족쇄 같은 것이 튀어나와 청년의 발을 붙잡고 있었다.

"쥐새끼 같은 놈이 또 도망가려고? 그렇게는 안 되지, 크큭."

철컹- 철컹-!

이미 전개된 블링크가 청년을 다른 장소로 이동시키려 했지만, 발에 걸린 족쇄가 그것을 가로막고 있었다.

그와 동시에 청년을 보호하고 있던 배리어가 깨지는 소리가 들려왔다.

쩡-!

"헉!"

청년은 다급하게 다시 배리어를 전개하려 했지만 늦었다.

푸학-!

기계 팔 남자의 드릴이 청년의 어깻죽지에 꽂히며 피 분수를 일으켰다. 그 모습에 관중석에서 환호성이 흘러나왔다.

동시에 기계 팔 남자의 모습이 변하기 시작했고 이내 몸 전체가 액체처럼 변했다가 이내 다시 인간의 모습으로 돌아왔다.

변한 그의 모습은 아까와는 달리 멀쩡한 인간의 모습을 하고 있었다. 그 모습에 관중석에서의 함성은 더욱더 커졌다.

"우와와와! 페트로다! 역시!"

"그래! 언제 나오나 했다! 크하하! 오늘은 기계 인간으로 변신했었구나!"

"크하하하! 역시 제왕 투기장의 사대천왕 중 하나답구나! 도살자 페트로 만세!"

"페트로! 페트로!"

"페트로! 페트로!"

기계 팔 남자의 이름은 페트로였고 그를 지칭하는 말은 도살자였다. 사람을 가축 죽이듯이 죽인다고 하여서 붙여진 별명이었다.

그는 이곳 제왕 투기장에서 가장 강한 네 명 중 하나였다.

투기장에 모인 관중은 하나같이 페트로를 연호하며 그의 손에 잡힌 청년을 그의 별명처럼 처참하게 죽이길 바라고 있었다.

"사, 사대천왕! 페트로!"

"크크, 바로 그 표정이야. 그 표정을 보기 위해 이 짜릿한 연극을 멈출 수가 없단 말이지, 크크크!"

페트로가 흥분되는 얼굴로 몸을 부르르 떨며 청년을 바라보았다.

"자, 이제 관중의 기대에 보답할 시간이 왔구나. 크크, 고통이 길겠지만 참아 보아라."

도살자 페트로.

그는 자신의 능력을 이용해 무엇이든 자신이 원하는 것으로 변할 수 있었다.

금속을 상상하면 몸이 금속처럼 변하였고 액체를 상상하면 액체처럼 변했다.

세상에 존재하는 그 무엇이든 그가 상상하는 대로 변형이 가능하고 그 변형된 신체는 실제로 존재하는 그 물체와 똑같은 성능을 발휘한다.

청년의 어깨를 뚫은 드릴도 그의 다리를 붙잡은 족쇄도 모두 그의 상상력에 의해 만들어진 것들이며, 실제와 같은 위력을 발휘했다.

거기에 페트로의 심장 대신에 존재하는 소울 드라이브에서 나오는 힘이 더해지면 파괴력은 두 배, 세 배, 최대 수십 배까지 늘어난다.

청년이 펼친 배리어가 쉽게 뚫린 이유도 바로 이것이었다.

그는 자신의 상대를 절대로 살려 두지 않았다. 이유는 바로 이 소울 드라이브 때문이었다.

소울 드라이브는 상대의 힘을 흡수할수록 더욱 강해지기에, 그 힘을 흡수하기 위해선 상대를 죽여야 했다.

아니, 정확하게는 죽이지 않아도 되긴 했지만, 죽였을 때 더 많은 힘을 흡수할 수 있는 것은 사실이었다.

그 때문에 페트로는 도살자라는 별명을 가지게 되었다.

페트로는 자신의 눈앞에서 떨고 있는 청년을 바라보며 행복한 미소를 지었다.

본인이 가장 좋아하는 모습 중 하나가 바로 이것이었다.

자신을 보며 공포에 떠는 모습.

페트로는 흥분된 얼굴로 공포에 젖어 가는 청년을 바라보았다.

그다음으로 좋아하는 것은 바로 공포에 떠는 상대에게 고통을 주는 것이었다.

"크크큭, 이 맛에 이 투기장을 벗어날 수 없다니까."

페트로가 미소를 지으며 손을 뻗으려는 그 순간, 청년이 이를 악물고 반격하기 시작했다.

"이익! 이대로 당할 수는 없다! 기가 플레임!"

화르륵─!

청년의 외침과 동시에 그의 몸 전체가 활활 타오르기 시작했다. 자신을 잡고 있으니 자신의 몸 자체를 공격 무기로 사용하는 것이었다.

하지만 뜨거운 열기에도 불구하고 페트로는 정말로 즐겁다는 표정으로 청년을 바라보며 말했다.

"크크크, 더욱더 흥분되는구나. 그래, 그렇게 버둥거려야 더 즐겁지."

그 모습에 청년은 깨달았다.

자신이 가진 힘으로는 눈앞의 괴물을 어찌할 수 없다는 사실을 말이다.

'삼촌……. 죄송합니다. 삼촌 말을 들었어야 했는데…….'

청년은 자신의 삶이 여기까지라는 것을 직감하고는 모든 것을 포기한 표정으로 눈을 감았다. 청년의 몸 주위에서 넘실거리던 불길도 순식간에 사그라졌다.

"뭐야? 이렇게 쉽게 포기하는 거야? 더 해 봐. 응?"

"죽여라……."

청년의 말에 페트로의 미소가 더욱더 진해졌다.

"그건 부탁하지 않아도 해 주려고 한 거고. 자, 그럼 이제 시작할까? 다시 한번 말하지만, 고통이 길 거야. 크크크."

페트로는 혀를 날름거리며 청년에게 어떤 고통을 줄 것인가 고민하기 시작했다.

"일단 가볍게 팔부터 시작해 볼까?"

그리 말하고 청년을 팔을 잡아 들어 올리는 순간, 누군가의 목소리가 가까운 거리에서 들려왔다.

"거기까지."

"응?"

갑자기 들려오는 목소리에 페트로가 고개를 돌렸다. 그곳에는 영웅이 뒷짐을 진 채 청년을 바라보며 서 있었다.

영웅의 등장에 죽이라고 외치던 소리가 줄어들었고 사람들이 웅성거리기 시작했다.

"뭐야? 저건 또?"

"감독관! 관리 똑바로 안 할래? 자꾸 흐름 끊기게 할 거야?"

"에이 씨. 벌써 몇 번째야, 이게!"

"페트로! 그놈도 죽여 버려!"

"네가 만만한가 보다! 사방에서 기어 나오는 것을 보니까!"

"그 자식은 가장 마지막에 가장 고통스럽고 잔인하게 죽여라!"

"죽여라! 죽여라!"

관중석에서 다시 야유가 흘러나왔다. 그들은 자꾸 중요한 순간마다 등장하는 불청객 때문에 잔뜩 화가 나 있었다.

한편, 페트로는 이런 반응에 아랑곳하지 않고 자신의 눈앞에 생겨난 또 다른 먹잇감에 즐거워하고 있었다.

"크크크, 오늘 무슨 날인가? 먹잇감들이 알아서 자꾸 날아오네?"

"거기서 그대로 멈추고 저기 문을 통해 돌아간다면 나도 그냥 넘어갈게. 어때? 좋은 제안이지?"

"뭐? 크하하하하!"

영웅의 말에 페트로가 정말로 웃기는지 청년을 바닥으로 던져 버리고는 배를 잡고 웃었다.

"너 좀 재밌네. 내가 누군지는 잘 알 텐데? 그런데도 나왔네?"

"도살자 페트로라며. 여기 투기장 사천왕 중 하나고. 아니야?"

"크크큭, 그걸 알면서도 이렇게 당당하게 나오다니. 이러면 그동안 내가 모습을 감추고 활동한 것이 억울하잖아."

"딱히 감출 필요가 없을 것 같은데? 딱 봐도 약해 보이는데."

"도발하는 건가? 크크크, 해 봐야 소용없다. 나에겐 그런 것은 통하지 않으니까."

"도발 아닌데? 진실을 이야기하는데 딴소리야."

"오냐. 도발이 먹혔다고 해 주지. 그 곱상한 얼굴에선 어떤 비명이 나올지 궁금해졌으니 말이야."

할짝—!

페트로가 혀로 입술을 핥으며 영웅을 향해 몸을 돌렸다.

그 순간 페트로는 자신의 다리에 묵직함을 느끼고 고개를 돌려 아래를 내려다보았다.

청년이 자신의 한쪽 발을 붙잡고 외치고 있었다.

"나를 구하러 온 것은 고맙지만 이자는 정말 강합니다! 어서 도망가십시오!"

청년은 자신을 구하러 와 준 영웅에게 감사한 마음이 들었고 자신이 어찌 되든 영웅을 살려야겠다고 마음먹었다.

그래서 이렇게 몸을 아끼지 않고 페트로를 붙잡기 위해 노력하는 것이었다.

"오냐오냐해 줬더니 너무 기어오르는군. 비켜!"

빠악-!

"커헉!"

쿠당탕탕-!

페트로는 자신의 발을 붙잡고 있는 청년을 발로 차서 구석까지 날려 버렸다.

"그렇게 서두르지 않아도 곧 네 차례는 올 테니, 거기서 기다리고 있거라."

투기장 벽에 부딪혀 바닥에서 꿈틀거리는 청년을 바라보며 말한 페트로는 다시 영웅에게 고개를 돌렸다.

그러나 고개를 돌리는 그 순간 목에 엄청난 충격이 느껴졌다. 페트로는 당황한 표정으로 아래를 보았다.

영웅이 살벌한 눈으로 자신을 바라보며 목을 잡고 있었다.

"내가 말했지? 건드리지 말라고."

"크윽! 이놈이? 제법 힘 좀 쓰는구나?"

영웅의 말에 대꾸하는 페트로의 몸이 점차 번들거리더니, 이내 몸 전체가 금속처럼 변해 버렸다.

"크크, 더 해 봐. 이제 내 몸은 우주에서 가장 강한 신체가 되었다."

"가장 강한 신체?"

"아무리 두드려도 나에게 그 어떤 충격도 주지……. 꾸에엑!"

페트로는 말하는 도중에 복부에 엄청난 충격을 느껴 자신도 모르게 비명을 질렀다.

고통을 참으며 아래를 바라보니, 자신의 복부에 영웅의 주먹이 꽂혀 있었다.

"크윽! 마, 말도 안 되는……."

"강하긴 하네. 이걸 버텨? 너 좀 재밌다."

이번엔 반대로 영웅이 환한 미소를 지으며 페트로를 바라보고 있었다. 페트로는 그 눈을 잘 알고 있었다.

바로 자신이 지금까지 상대방을 볼 때 하던 눈빛이었으니까.

"이것도 버티나?"

쩌억-!

말이 끝남과 동시에 영웅의 발 차기가 페트로의 관자놀이에 적중했다.

쿠당탕탕-!

"커헉!"

지금까지 느껴 보지 못했던 엄청난 충격에 페트로는 정신을 차릴 수가 없었다.

한 대 맞는 순간 자신의 머리가 사라지는 착각을 느낄 정도였다.

영웅의 발 차기에 볼품없이 바닥을 구른 페트로는 정신을 차리고 영웅을 노려보았다.

지금까지 살면서 이렇게 자존심이 상해 본 적이 없었다.

"크윽! 제법이라는 말은 취소하지. 지금부터는 진심으로 네놈을 상대해 주마."

페트로의 말에 영웅이 피식 웃으며 말했다.

"응, 그래라. 나는 지금처럼 대충 할 테니."

"으드득! 이놈이!"

페트로는 분노한 표정으로 영웅에게 돌진했다. 돌진하는 순간 그의 양손이 세상 모든 것을 베어 버릴 것 같은 검으로 변했다.

"세상에 자르지 못하는 것이 없다는 전설의 검을 그대로 재현한 검이다! 이것도 어디 막아 봐라!"

페트로는 영웅이 피하지 않도록 도발하며 달려갔다.

도발이 먹혔는지 영웅은 피할 생각을 하지 않고 멍하니 서 있었다.

그 모습에 회심의 미소를 지은 페트로가 외쳤다.

"크하하! 멍청한 놈! 이대로 죽어라!"

후웅—!

자신의 도발에 영웅이 정면 대결을 택했다고 생각한 페트로가 승리를 확신하고 영웅의 목을 향해 검을 휘둘렀다.

이제 곧 자신의 얼굴에 영웅의 뜨거운 피가 뒤덮이는 상상을 하며 짜릿해하는 그 순간, 손에서 강한 충격이 느껴졌다.

까앙—!

웅웅웅웅—!

검으로 변한 팔이 영웅의 목에 튕겨 나간 채 웅웅거리며 떨리고 있었다. 페트로의 동공도 같이 흔들렸다.

"이게…… 무슨?"

믿어지지 않는 표정으로 자신이 지금 본 것이 현실인지 확인하려고 애쓰는 페트로였다.

"뭐야? 세상에 자르지 못하는 것이 없는 검이라며. 연약한 내 백옥 같은 피부에 상처 하나 내지도 못하는구먼, 무슨."

페트로는 영웅의 말이 귀에 하나도 들어오지 않았다.

"이익! 이, 이럴 리가 없다! 이럴 리가 없어!"

훙훙훙—!

페트로는 이 현실이 믿어지지 않는지 검으로 변한 양팔을 마구 휘두르기 시작했다.

고속으로 움직이는 페트로의 팔들이 영웅의 몸 이곳저곳을 사정없이 때렸다. 영웅의 몸에 적중할 때마다 날카로운 금속음이 쉴 새 없이 들려왔다.

까강- 까가가강-!

페트로의 눈은 충혈되었고, 그가 휘두르는 팔에도 역시 붉은 기운이 넘실거렸다.

"소울 마스터리 1단!"

페트로의 외침과 동시에 검으로 변한 양팔에 진한 붉은 기운이 선명하게 일어났다. 페트로는 아까보다 더욱더 빠른 속도로 검을 휘둘렀다.

검에서는 붉은빛 광선 같은 것이 사방으로 마구 발산되고 있었다. 또한 그 붉은빛 광선이 지나간 바닥은 단단한 재질임에도 모래가 파헤쳐지듯이 움푹 파이고 있었다.

쩌저정-!

관중석과 투기장 사이에 있는 투명한 막은 뚫지 못했지만 커다란 충격을 주었는지, 투명한 막이 마구 흔들리며 울리고 있었다.

관중은 화들짝 놀라며 몸을 사렸다가 이내 막이 무사한 것을 확인하고는 다시 영웅과 페트로의 전투를 지켜보았다.

관중은 영웅의 등장에 무척이나 흥분한 모습이었다.

"뭐야! 뭐야! 저자는 누구지?"

"미친! 페트로가 자신의 진짜 기술까지 사용하면서 싸우다니! 얼마 만에 보는 거야!"

"그만큼 상대가 강하다는 뜻이지. 저 자존심이 강한 페트로가 소울 드라이브의 힘을 사용하기 시작했다는 거잖아."

"대박이다! 오늘 정말 대박이야!"

"새로운 사천왕이 탄생할지도 모르겠는데? 이거 흥미진진하다! 하하하!"

"이겨라! 이겨라!"

"에이! 페트로를 이기긴 힘들지. 저 봐, 막기에 급급하잖아."

"그런가? 내가 보기엔 그냥 서 있는 것 같은데."

"우리 눈에 안 보여서 그렇지, 엄청 빠른 속도로 방어하고 있는 중일 거야."

"그건 그것대로 대박인데? 와아!"

사람들은 새로운 강자의 출현에 일제히 환호했고 영웅을 응원하는 사람들이 늘어나기 시작했다.

한편, 투기장에서 격렬하게 영웅을 공격하고 있던 페트로는 식은땀을 흘리고 있었다.

'크윽! 방어하기 급급하다고? 이자는 방어 자체를 하지 않고 있다고! 이런 괴물이!'

페트로는 이를 악물고 자신의 소울 드라이브의 힘을 더욱

더 끌어내었다.

'이판사판이다!'

"소울 마스터리 3단!"

페트로는 소울 드라이브의 힘을 최대치까지 끌어올렸다.

사실 페트로는 이곳 투기장에 있는 자들과는 다른 신분이었다. 투기장은 어딘가에서 잡혀 오거나 팔려 온 능력자들을 가지고 경기를 하는 장소였다. 그랬기에 그들의 대우는 형편 없었다.

하지만 페트로는 달랐다.

그는 노예가 아니었다. 그는 특별한 신분이었고 이곳의 감독관도 함부로 할 수 없는 위치의 남자였다.

소울 드라이브.

특별한 신분을 가진 자만이 가진 특별한 능력이었다.

이 특별한 힘은 무언가를 창조해 내는 데에 탁월한 성능을 발휘했고 그 힘을 이용해 자신의 신체를 자유자재로 변형시키며 이곳의 사천왕 자리에 오른 것이다.

그가 이곳에 있는 이유는 그저 유희일 뿐이었다.

마음 놓고 누군가를 해칠 수 있고 가지고 놀 수도 있는 장소.

그런 그가 지금 최대 난관에 빠졌다.

소울 마스터리 3단은 그가 가진 소울 드라이브의 최대치 힘이었다. 정말로 강한 자는 7단까지 사용할 수 있다는데 아직 그런 자는 만나 보지 못했다.

페트로는 아직 완벽하게 3단의 힘을 끌어낼 수 없었기에 억지로 끌어내기 위해선 자신의 생명력을 소모해야 했다.

즉 지금 페트로는 자신의 생명력을 소모하면서까지 무리를 해서 소울 드라이브의 힘을 끌어내는 중이었다.

소울 드라이브의 힘을 3단까지 끌어내자 페트로의 머리카락이 곤두서고 팔에서만 보이던 붉은 기운은 몸 전체로 퍼지더니 이내 몸을 뒤덮고 넘실거렸다.

페트로는 그 기운을 전부 자신의 팔에 모았다. 그러고는 온몸에 핏줄이 잔뜩 솟아오를 정도로 최대한 집중하여 그것을 영웅에게 휘둘렀다.

"으아아악! 더블 기요틴!"

쯔앙- 쯔앙-!

엑스 자로 팔을 휘두르자 반달 모양의 거대한 붉은 기운이 영웅을 향해 날아갔다.

쿠콰콰콰쾅-!

쿠르르르-!

붉은 기운이 영웅이 있는 곳을 덮치면서 거대한 폭발을 일으켰고 투기장 전체가 크게 진동하며 울리기 시작했다.

관중석까지 그 여파가 미쳤는지 사람들은 중심을 잡지 못하고 휘청거렸다.

영웅이 있던 곳은 한 치 앞도 보이지 않을 정도로 먼지가 뿌옇게 내려앉아 있었다.

"헉헉! 잡았나?"

페트로는 거친 숨을 내쉬며 먼지구름이 있는 방향을 바라보았다.

밀폐된 공간이라 그런지 바람이 불지 않아 먼지구름은 쉽사리 가라앉지 않았다.

그때 돌풍이 불더니 그곳에 있던 먼지구름들이 회오리치면서 위로 솟구쳤다.

그리고 그 중심에 영웅이 여전히 뒷짐을 진 채로 웃고 있었다.

"방금 건 제법이네. 나름 괜찮았어."

"마, 말도 안 돼! 아, 아무런 타격도 받지 않았다고?"

전혀 타격을 입지 않은 모습에 페트로는 경악한 표정으로 영웅을 바라보았다.

무려 자신의 생명력까지 소모하며 한 공격이었고 아무리 뛰어난 능력자라 해도 이 공격을 견뎌 낸 자는 지금까지 없었기에 자신도 있었다.

그런데 눈앞에 있는 남자는 상처 하나 없는 모습으로 아무 일 없다는 듯이 환하게 웃고 있었다.

페트로는 자신도 모르게 뒷걸음질을 쳤고 영웅은 그런 페트로를 향해 천천히 발걸음을 옮기기 시작했다.

"자, 이제 내 차례인가? 받은 것이 있으니 돌려주는 것이

인지상정이겠지?"

페트로는 자신도 모르게 고개를 저으려 했다.

하지만 그러지 못했다.

어느새 영웅의 주먹이 자신의 복부에 정확하게 꽂혀 있었기 때문이었다.

눈으로 좇을 수도 없는 속도로 순식간에 다가왔기에 대응을 할 수도 없었다.

퍼억-!

"커헉!"

복부에서 밀려오는 엄청난 충격에 페트로의 몸이 허공으로 붕 떠올랐다가 다시 바닥으로 추락했다.

평상시 같았으면 곧바로 자세를 바로잡고 바닥에 제대로 착지를 하거나 아니면 최대한 거리를 벌려서 반격을 가했을 것이다.

하지만 현재 페트로의 상태는 그런 것을 실행할 수가 없었다.

콰당탕-!

엄청난 고통에 이미 반쯤 정신이 나간 상태로 페트로는 바닥에 아무렇게나 떨어져 나뒹굴었다.

영웅은 천천히 페트로가 떨어진 곳으로 걸어갔다.

그때 사방에서 사이렌 소리와 함께 관중석과 투기장 사이를 가로막고 있는 막이 검게 변하기 시작했다.

웨에에에엥–!

쯔이이이잉–!

그와 동시에 검은 제복을 입은 사람들이 투기장으로 날아들었다.

"멈춰라!"

"당장 관중을 전부 내보내고 오늘 있었던 일의 기억을 전부 지워!"

"네!"

그들이 나타나고 경기장은 완벽하게 외부와 차단되기 시작했다. 관중의 야유도 점차 사라지고 이내 바깥 소리마저도 완벽하게 차단되어 버렸다.

방해를 받은 것에 짜증이 난 영웅이 주먹을 멈추고 주변을 둘러보았다.

소리를 완벽하게 차단했다고 하지만 영웅은 만물의 소리를 들을 수 있었기에 바깥에서의 소란이 전부 들려왔다.

아마도 성난 관중을 강제로 내보내고 있는 것 같았다.

영웅은 대충 상황 파악을 하고는 인상을 찡그렸다.

주변을 빙 둘러싼 채 자신을 노려보고 있는 검은 제복의 무리를 보고 영웅이 짜증 섞인 목소리로 물었다.

"뭐야?"

그러자 가운데에 서 있던 선글라스를 쓴 회색 제복의 남자가 말했다.

"거기까지다. 그분은 네놈이 함부로 할 수 있는 분이 아니다. 놔드려라. 그러면 편히 자결할 기회를 주겠다."

"응? 뭐라는 거야? 그분이 누군데. 아! 여기 이분! 난 또 다른 분이라고."

퍼억-!

"커헉!"

영웅이 페트로는 가리키며 발로 걸어차자 검은 제복을 입은 무리가 움찔하고는 이내 당황하는 표정으로 외쳤다.

"더는 그분을 건드리지 마라!"

"이분이 누군데? 말을 해 줘야 건드릴지 말지를 정하지, 인마!"

"그분은 선택받으신 분이다."

"그렇지, 선택받았지. 나한테."

짜악-!

"케엑!"

영웅이 말을 하는 동시에 페트로의 뺨을 올려 쳤고, 페트로는 그 한 방에 다시 날아갔다.

페트로가 구석으로 날아가자 기회를 포착한 검은 제복의 무리가 무언가를 꺼내어 영웅을 향해 발사하였다.

쯔즈즁-!

그들이 일제히 꺼내 든 무기는 동그스름한 권총 형태의 돌이었다.

돌에 제복 무리가 기운을 불어 넣자, 총구로 보이는 곳에서 초록빛의 광선이 영웅을 향해 발사되었다. 영웅은 그 빛을 고스란히 얻어맞았다.

영웅에게 광선이 적중하자 검은 제복들은 일제히 투명한 방망이를 꺼내 들었다. 이어 또다시 기운을 불어 넣자 방망이의 색이 푸르게 변해 가기 시작했다.

"됐다! 저놈의 능력은 모두 사라졌을 것이다! 잡아! 죽이진 마라! 그분들께 산 채로 바쳐야 한다!"

선글라스를 쓰고 회색빛 제복을 입은 남자의 명령에 검은 제복들은 정말로 살기를 머금은 채 영웅에게 달려들었다.

영웅은 자신을 향해 달려오는 검은 제복을 조금도 신경 쓰지 않은 채 몸 이곳저곳을 둘러보고 있었다.

검은 제복의 인간들은 섬뜩한 소리를 내는 푸른빛의 방망이를 영웅에게 휘둘렀다.

빠지직—!

퍼퍽— 퍼퍼퍽—!

방망이에서 푸른 뇌전이 일어나며 영웅의 이곳저곳을 타격하기 시작했다.

"마사지하냐?"

분명히 명중했음에도 영웅이 아무런 충격을 받지 않은 듯이 고개를 천천히 들어 올리며 말하자, 검은 제복의 무리가 화들짝 놀랐다.

"아닛!"

"느, 능력이 사라지지 않았나?"

"부, 분명히 적중되었는데?"

"대, 대장님!"

저들이 말하는 투로 보아 능력자들의 능력을 사라지게 만드는 무기 같았다. 그것이 통하지 않자 당황하는 표정들이 역력했다.

"뭣들 해! 너희도 능력자다! 제압해!"

대장으로 보이는 선글라스의 사내가 당황하는 수하들을 다그쳤다.

그 소리에 제복을 입은 남자들의 표정이 변하며 영웅을 공격할 준비를 하기 시작했다.

영웅은 영웅대로, 일단 맞았으니 맞은 만큼 돌려주려고 주먹을 움켜쥐고선 오는 족족 다 밟아 버리려고 마음먹었다.

그 순간 구석으로 날아갔던 페트로의 몸에서 거대한 기운이 폭발하듯이 뿜어져 나오기 시작했다.

그 기운에 다들 페트로가 있는 방향으로 고개를 돌렸다. 사람들의 시선이 집중되던 그 순간, 페트로의 몸이 천천히 세워지기 시작했다.

그런데 천천히 일어나는 페트로의 상태가 이상했다.

페트로의 몸에서 폭발하듯이 흘러나오는 붉은 기운은 끊임없이 넘실거리며 위로 소용돌이치고 있었고 눈은 붉게 변해 있었다.

이지가 없어 보이는 모습으로 영웅만을 바라보며 뭐라고 중얼거리고 있었다.

그 모습에 영웅이 고개를 갸웃거리며 말했다.

"뭐야, 저건?"

영웅과 달리 그곳에 있는 제복의 남자들은 페트로의 상태가 무엇을 의미하는지 아주 정확하게 파악한 듯했다.

하나같이 겁에 질린 얼굴로 부들부들 떨면서 뒷걸음질을 쳤으니까.

그리고 두려움이 가득한 목소리로 더듬거리며 말했다.

"저, 저건! 포, 폭주 현상인데?"

"포, 폭주! 미친! 진짜잖아! 소, 소울 드라이브가 폭주하고 있다! 모두 피해!"

"으아악! 모, 모두 도망가!"

"우, 우리를 전부 다 죽일 거야! 도망가!"

다들 뒤도 돌아보지 않고 헐레벌떡 자신들이 들어왔던 입구를 향해 정신없이 달려가기 시작했다.

하지만 페트로의 시선은 오직 영웅만을 향하고 있었다.

"죽·인·다. 너·를 죽·인·다."

이지를 상실했음에도 영웅을 향한 적대감은 강렬하게 남아 있는 것 같았다.

폭주한 페트로는 이내 지면을 박차고 영웅을 향해 빠른 속도로 돌진하기 시작했다.

박차고 나간 지면은 충격으로 인해 지진이 난 것처럼 쩍 갈라졌고, 얼마나 빠른 속도로 돌진했는지 충격파가 일어날 정도였다.

쿠아아아-!

"죽 · 어 · 라!"

후웅-!

돌진하는 속도 그대로 내지른 페트로의 정권에는 모든 것을 파괴할 수 있을 정도의 힘이 담겨 있었다.

하지만 상대가 나빴다.

영웅은 엄청난 힘을 머금은 채 공기를 가르며 날아오는 페트로의 주먹을 너무도 잡아 내었다.

파앙-.

잡아 내는 동시에 영웅을 중심으로 둥근 도넛 모양의 파동이 사방으로 퍼져 나갔다.

영웅은 자신에게 잡힌 손을 빼내려고 발버둥 치는 페트로를 보며 중얼거렸다.

"정신 나간 놈한테 말해 봐야 통하지도 않을 테고……. 일단 폭주하는 기운부터 좀 잡아야겠군."

슈아악-!

영웅은 폭주하는 페트로의 기운을 모조리 흡수하기 시작했다.

그동안 얼마나 많은 악기(惡氣)를 쌓아 두었는지 그 기운은 정말로 구역질이 날 정도로 탁하고 역했다.

"아 진짜! 뭔 놈의 기운이 이렇게 지저분해. 우웩!"

헛구역질하며 영웅은 흡수한 페트로의 기운을 정화해서 다시 일정량을 그에게 불어 넣었다.

탁한 기운이 사라지고 맑은 기운이 몸에 들어오자, 붉게 물들었던 눈이 점차 원래대로 돌아오기 시작했다.

정신을 차린 페트로는 어리둥절한 표정으로 주변과 자신의 몸을 둘러보았다.

"어? 어어? 뭐지? 이 상쾌한 기분은?"

지금까지 느껴 보지 못했던 상쾌한 기분에 페트로가 어리둥절한 표정을 지었다.

그리고 영웅을 보았다.

영웅은 정신을 차린 페트로를 보며 물었다.

"정신이 좀 드냐?"

"그, 그렇습니다. 무슨 일인지 모르겠지만 머리가 맑아진 기분입니다."

"그러냐? 그럼 이제 정신을 차렸으니 다시 덤빌 거냐?"

"네? 더, 덤비다니요. 싸, 싸우자는 말씀이신가요? 그, 그런 야만적인 행동을 어찌합니까. 저, 저는 못 합니다!"

정신은 돌아왔는데 하는 행동이 아까와는 정반대였다.

영웅은 아차 싶은 표정으로 중얼거렸다.

"어? 아……! 기운을 너무 깨끗하게 정화했구나……."

영웅은 페트로의 폭주하는 기운만 정화한 것이 아니라 모든 생명체에 반드시 존재하는 선천진기(先天眞氣)까지 정화를 시켜 버린 것이다.

선천진기는 다른 말로 진원진기라고도 부르며, 흔히 생명력, 혹은 영혼이라고 많이 부른다.

페트로가 소울 드라이브 3단을 무리하게 쓰면서 소모했던 것도 바로 이 진원진기였다.

영웅은 페트로를 바라보았다.

초롱초롱하고 맑은 눈을 바라보니 이자가 과연 아까의 그 잔인했던 페트로가 맞나 싶을 정도였다.

"에이 씨. 기운이 너무 역해서 나도 모르게 저놈이 가진 기운이란 기운은 전부 정화를 시켜 버렸네."

털썩-!

영웅이 중얼거리고 있을 때 페트로가 갑자기 무릎을 꿇더니 눈물을 펑펑 흘리며 용서를 빌기 시작했다.

"제가 그동안 저지른 모든 죄를 반성합니다! 저는 쓰레기입니다! 용서치 마시고 저를 벌하십시오!"

"허……."

제대로 손맛도 못 봤는데 갱생해 버린 페트로를 보며 영웅은 허탈한 표정을 지었다.

사람이 바뀌었는데 무작정 팰 수도 없는 노릇이 아닌가.

모두 자신이 너무 기운을 깨끗하게 정화한 탓이었다.

'적당히 반항할 정도로 해야 했는데……. 진심으로 참회하는 놈을 쥐어 팰 수도 없고…….'

아쉬웠지만 저렇게 참회의 눈물을 흘리며 반성하는데 벌을 주는 것은 아닌 것 같았다.

'뭐, 앞으로 남은 인생 다른 사람들을 위해 봉사하며 살라고 하면 되겠지.'

"그럼 너 때문에 그동안 죽은 사람들을 위해 봉사하면서 살아라."

"그야 물론입니다! 그들의 가족들을 위해 살아갈 것입니다!"

"그리고 사과는 내가 아니라 저기서 놀라고 있는 애들한테 해."

영웅의 말에 고개를 돌리니 중간에 난입했던 청년이 경악한 얼굴로 바라보고 있었다.

청년의 품엔 처음에 페트로에게 일격을 당해 기절했던 선수가 안겨 있었다.

영웅이 페트로를 상대하는 동안 청년은 기절한 선수에게 달려가 그를 보살피고 있었다.

투기장에서 아주 짧은 시간 동안에 느낀 페트로는 잔악하고 흉포한 포식자였다.

피도 눈물도 없는 인간 말종에 가까운 사람이라 느꼈는데,

그랬던 도살자 페트로가 자신을 향해 사과하고 있었다.

그것도 참회의 눈물을 흘리면서 말이다.

"죄송합니다! 아까 제가 한 행동에 대해 사죄드립니다. 부디 용서해 주십시오!"

지금 상황이 이해가 가질 않는지 연신 주변을 두리번거리며 자신을 놀리는 것이 아닌가 확인하는 청년이었다.

청년이 두리번거리거나 말거나 연신 사과하느라 정신없는 페트로.

청년은 그런 페트로의 진심을 느꼈는지 다가가 그의 어깨를 붙잡고 말했다.

"되었습니다. 죄를 뉘우치시고 진심으로 반성하시는데 어찌 용서하지 않겠습니까. 용서합니다."

"감사합니다! 흑흑!"

마음마저 여려진 페트로였다.

청년은 울고 있는 페트로를 달래며 영웅을 바라보았다. 그의 눈에는 경외심이 가득했다.

자신의 목숨을 구해 준 생명의 은인이기도 했다.

"저의 목숨을 구해 주신 은혜 잊지 않겠습니다! 감사합니다!"

"하하, 뭘요. 혹시 성함이 앤드류인가요?"

"어? 제 이름을 알고 계십니까?"

"역시 맞죠? 마르코의 조카."

"헉! 저, 저희 사, 삼촌도 알고 계십니까? 대체 누, 누구십 니까?"

"삼촌이 보내서 왔어요. 철없는 조카 좀 꼭 찾아 달라면서 애원하더라고요."

"저, 정말입니까? 사, 삼촌께서 보내셨다는 말씀이? 그, 그럼 도, 돌아가는 웜홀은……."

"찾아 났습니다."

"신이시여! 감사합니다! 정말로 감사합니다!"

"하하, 뭘요."

손사래를 치며 아무것도 아니라는 투로 말하는 영웅을 앤 드류가 고개를 갸웃거리며 바라보았다.

"네?"

"응?"

"아! 성함이 '신'이십니까?"

"아, 아니요. 영웅입니다."

영웅은 머쓱했다.

사람들이 하도 신이라 부르니까 자신도 모르게 착각하여 앤드류가 신에게 감사하는 말에 답변한 것이다.

"하하, 저는 또 대답하시길래 혹시나 이름이 신이신 줄 알 았습니다."

앤드류의 말에 영웅은 순간적으로 뻘쭘해졌다.

"하하, 그게 제가 잘못 들었나 봅니다. 저는 저에게 하시는 말인 줄 알고 대답했습니다."

"그럴 수 있지요. 하긴, 어찌 보면 영웅 님께선 저에게 신이나 다름없으시니, 틀린 말은 아니지요. 아니 보여 주신 그 엄청난 능력이면 충분히 신이라 불리셔도 될 것입니다!"

앤드류가 환하게 웃으며 자신을 신이라 칭하자, 영웅은 미소를 지으며 속으로 생각했다.

'나도 모르게 속으로 자만하고 있었던 건가? 신이라고 생각하고 있었던 거야? 조심해야겠군.'

자신도 모르게 자신의 능력을 자만해서 신이라고 생각하다니.

영웅은 속으로 마음을 다잡고 반성했다.

배울 건 배우고 반성할 것은 반드시 반성하는 영웅이었다.

그렇게 반성의 시간을 보낼 때 아까 겁에 질린 채 밖으로 도망갔던 사람들이 누군가를 이끌고 다시 돌아왔다.

"저, 저깁니다! 블레스 신관님!"

호리호리한 체격에 새하얀 제복, 새하얀 구두, 새하얀 장갑까지 낀 남자가 눈을 감은 채 영웅이 있는 방향으로 고개를 돌렸다.

블레스는 영웅을 바라보며 말했다.

"흐음. 이상하군요. 무언가 친숙한 기운인데요? 마치…….
그분들을 뵙는 것 같은 그런?"

"네? 서, 설마 트, 특별한 분이십니까?"

"특별하다라……. 그분들이 특별한 것은 사실이지만 그렇게 직접적으로 대놓고 말하니 좀 그렇군요."

"죄, 죄송합니다. 블레스 신관님."

"괜찮습니다. 저도 당신들과 같은 인간이 아닙니까. 그분들을 그렇게 칭하시는 그 마음 충분히 이해합니다. 다만, 그분들은 천인이라 불리기를 원하시니 다음에는 그리 부르시길 바랍니다."

"아, 알겠습니다! 신관님!"

"그보다 저 사람은 천인이 아닙니다. 비슷하긴 하지만, 그분들처럼 확실한 기운은 아니군요."

아까 도망치듯이 나갔던 대장과 블레스라 불리는 남자가 자기를 무시한 채 서로 대화를 나누자 영웅이 인상을 찡그리며 물었다.

"넌 또 뭐냐?"

영웅의 말에 블레스가 다시 고개를 돌려 영웅을 보며 말했다.

"하하, 살짝 무례한 형제님이시군요."

"나는 너 같은 형제 둔 적 없는데? 그보다 눈은 감은 거냐? 뜬 거냐?"

"아, 제 눈 말씀입니까? 제가 눈이 좀 작아서 말입니다. 뜨고 있는 겁니다, 형제님."

"아, 그래? 실눈을 가진 캐릭터는 강한 것이 국룰인

데…… 너도 그러냐?"

"네? 국룰? 그게 뭐죠?"

"아, 그런 게 있어. 대화하러 온 것은 아닐 테고……."

"아아, 깜박했군요. 천인께서 폭주하고 계신다는 전갈을 받아 다급하게 와 봤습니다만……. 다행히 무사하신 것 같군요."

"천인? 누구? 쟤?"

영웅이 앤드류와 함께 서 있는 페트로를 가리키며 물었다.

"형제님……. 그분에게 그런 행동은 자제해 주시길 바랍니다. 그분은 당신에게 그런 취급을 받으실 분이 아닙니다."

"그러니까 애가 누군데?"

"신의 종족이신 천인이십니다. 예의를 갖추세요."

"아항. 그래서 너는 예의를 잘 갖추어서 오자마자 애를 무시하고 너희끼리 떠들었니? 야, 너도 아까 봤지? 너 완전히 무시하고 자기들끼리 떠드는 거."

"그, 그건!"

영웅의 날카로운 지적에 블레스가 당황하며 주춤거렸다.

그런 블레스를 다시 침착하게 만든 것은 페트로의 대답이었다.

"저는 괜찮습니다. 지금 보니 제가 아는 신관님이시군요."

세상 인자한 미소로 괜찮다고 대답하는 페트로를 보며 블레스는 감동한 표정을 지었다.

"그렇습니다! 저를 기억해 주시다니 영광이옵니다. 천인이시여, 말씀을 낮추어 주시옵소서. 받들기 민망하옵니다."

"아닙니다. 저희를 위해 불철주야 노력하시는 분인데 대우를 해 드려야지요."

"크흡! 아, 아닙니다. 미천한 제가 천인을 위해 의당 해야 할 일이옵니다."

둘은 계속 서로의 칭찬을 하며 대화를 나누었다.

영웅은 지겨운 표정으로 둘의 대화를 끊고 끼어들었다.

"그만, 그만. 야, 실눈. 나 보러 온 거 아니냐?"

"그렇습니다. 감히 천인께 손을 댄 악적이 어떤 형제분인지 직접 확인하러 왔지요."

"그래서? 어찌하려고? 나를 잡아가기라도 하려고? 잡아가서 막 고문하고 그러려고?"

"하하하."

영웅의 말에 블레스가 웃었다.

"그리고 막 폐인으로 만들어서 가지고 놀다가 버리고 막 그러는 건 아니겠지?"

"하하하, 정말······."

블레스가 정말 재밌다는 듯이 웃다가 이내 환한 미소를 지으며 이어 말했다.

"······너무 잘 아시는군요. 제가 따로 설명해 드릴 필요가 없겠습니다. 하하하."

"오호, 진짜로? 내가 말한 거 다 할 거야?"

"그렇습니다. 사실 그보다 더한 고통이 있겠지만……. 뭐 얼추 비슷하게 말은 하셨군요."

"내가 말한 걸 네가 다 집행하는 건가?"

"이런, 이런. 자꾸 그렇게 정답을 말씀하시니 제가 할 말이 없군요."

"착하게 생겼는데……."

"그것 또한 정답이군요."

그 말과 동시에 블레스의 눈이 커졌다.

그의 눈은 붉게 물들어 있었고 보기만 해도 소름이 끼칠 정도로 살기가 가득 담겨 있었다.

그 살기에 영웅이 아닌 페트로가 반응하고는 나서려 했다. 그 순간 페트로의 머릿속으로 음성이 들려왔다.

-입 다물고 가만히 있어라. 초 치면 지옥이 뭔지 보여 줄 테니.

그와 동시에 섬뜩한 기운을 느꼈고, 페트로는 자신도 모르게 고개를 끄덕이며 멀찍이 물러섰다.

페트로를 패지 못한 스트레스를 풀 수 있는 좋은 재료가 왔는데 날려 버릴 수는 없었다.

그것을 본 블레스는 영웅을 처리하는 데 어려움이 없도록 페트로가 자리를 피해 주었다고 생각했다.

"감사합니다, 천인이시여."

블레스는 멀찍이 떨어져서 자신의 신경이 덜 쓰이게 해 준 페트로에게 감사 인사를 하고는, 다시 영웅을 바라보았다.

그런 블레스에게 영웅이 물었다.

"자꾸 말 걸어서 미안한데……. 너 쟤보다 강하냐? 쟤보다 약하면 나한테 안 될 텐데? 뭔 자신감이지?"

영웅의 말에 블레스가 붉은 눈으로 그저 영웅을 바라보고 있었다.

그 순간 뇌리로 블레스의 목소리가 들려왔다.

-그렇습니다. 천인께는 송구스러운 말씀이지만 저분보다는 제가 더 강합니다. 그것도 조금이 아닌 아주 많이 강합니다.

혹시라도 페트로가 듣고 기분이 상할까 봐 텔레파시로 영웅에게 답변하는 섬세함을 보이는 블레스였다.

"이제 대답이 되셨습니까? 저희가 이렇게 사이좋게 떠들 사이는 아니니 이제 슬슬 대답을 해 주셔야겠는데요. 순순히 따라가시겠습니까? 아니면……."

후웅-!

말을 멈춘 블레스의 몸 전체에 살기가 휘몰아치기 시작했다.

어찌나 진하고 강한지 블레스를 데리고 온 사람들이 그 기운을 버티지 못하고 거품을 문 채 기절하며 쓰러지고 있었다.

"……저에게 제압을 당해서 가시겠습니까?"

휘몰아치는 엄청난 살기에 영웅은 한쪽 입꼬리를 올리며
말했다.

"크크큭, 살기 죽이네. 짜릿짜릿한데? 나는 후자를 택할
게. 그리고⋯⋯."

슈팍-!

순식간에 블레스 앞으로 이동한 영웅이 블레스를 올려다
보며 말했다.

"⋯⋯그런 협박은 내 전문 분야라서 말이지. 일단 살짝 맛
보기로 보여 줄게."

슈욱-!

쩡-!

"크윽!"

"어? 막아? 이야⋯⋯. 이건 또 신선하네. 내 주먹을 막는
놈은 흔치 않은데."

생성된 붉은 기운이 영웅이 기습적으로 날린 주먹을 막아
주었다.

물론, 막았음에도 충격이 꽤 컸었는지 블레스는 영웅과 거
리가 꽤 벌어질 만큼 뒤로 밀려 나 있었다.

"당신⋯⋯. 정말로 강하군요. 방어가 완벽하게 성공했음
에도 이런 충격이라니⋯⋯. 하지만 저를 보호해 주는 이 이
지스의 목걸이가 있는 한 저를 어쩌지 못하십니다."

"아, 너의 능력으로 막은 것이 아니라 아이템 덕이었냐?"

"아이템 덕이라니요. 저는 이런 것이 없어도 강하답니다. 다만, 몸을 움직이는 것을 그다지 좋아하지 않을 뿐이죠."

"응? 무투 쪽이 아니었나? 기세로 봤을 때 그쪽인데?"

"무투도 강하지만, 제가 선호하는 방식은 아니라서요."

말을 마친 블레스가 검지를 이리저리 휘두르며 허공에 이상한 도형을 그리더니 외쳤다.

그러자 허공에 그려진 도형에서 빛이 조금씩 새어 나오기 시작했다.

영웅은 그것을 신기한 눈으로 바라보았다.

블레스는 양손을 교차하며 주문을 외쳤다.

"나이트메어! 신의 대리인으로 명하노니 부름에 응하라!"

주문이 끝나는 순간 도형에서 빛이 강하게 발산되기 시작했고, 그 빛은 영웅을 향해 움직였다.

빛이 자신을 비추자 몸이 묵직해진 것을 느낀 영웅은 고개를 돌려 자신의 몸을 바라보았다.

그랬더니 몸에 무언가 검은 물체가 꿈틀거리며 붙어 있는 것이 아닌가.

"이게 뭐야?"

"나이트메어라고 불리는 소환수입니다. 그것이 당신을 영원한 악몽 속으로 안내할 것입니다."

"나이트메어?"

영웅은 자신의 몸을 조금씩 침식해 가고 있는 검은 물체를

정령세계
먼치킨

자세히 보았다.

생김새가 마치 도롱뇽같이 생겼으며 몸 전체가 칠흑같이 어두웠고, 몸 여기저기에 사람 눈으로 보이는 것이 드러나 있었다.

그것이 몸 전체로 퍼져 나가자, 차가운 눈이 조금씩 몸 위에 쌓이는 기분이었다.

당황하는 영웅을 바라보며 블레스는 즐거운 미소를 지었다. 다시 실눈으로 돌아간 그는 친절하게 설명했다.

"제가 즐겨 쓰는 방식은 바로 소환입니다. 천인들께서 제게 내려 주신 특별한 권능이지요. 이 권능은 신의 이름으로 모든 차원의 생명체들을 원하는 대로 소환할 수 있는 능력이죠. 나이트메어도 그중 하나입니다. 지옥에서 올라온 생물, 어디 한번 견뎌 보시죠."

"그게 뭐 어려운 일이라고."

"쉽지 않을 것입니다. 그 소환수는 자신이 점찍은 인간의 기운을 자신의 것으로 만드는 놈이니까요. 형제님이 기운을 쓰면 쓸수록 나이트메어는 더욱더 강해질 것입니……."

"흡!"

푸학-!

영웅이 살짝 힘을 주자 영웅의 몸을 감싸고 있던 나이트메어가 풍선 터지듯이 터져 나갔다.

나이트메어의 잔해가 바닥에 떨어져 꿈틀거리다가 이내

연기처럼 사라졌다.

영웅은 블레스를 바라보며 어깨를 으쓱했다.

"어라? 터졌네? 힘주면 더 강해진다며."

그 장면을 본 블레스는 믿어지지 않는 표정으로 연신 입을 뻐끔거리며 경악했다.

"헉! 그, 그럴 리가! 나, 나이트메어가 감당하지 못할 기운을 지녔다고?"

"에이. 나 기운 쓰지도 않았는데. 살짝 힘만 줬지."

"마, 말도 안 됩니다!"

"다른 거 보여 봐. 너 좀 신기한 거 많이 한다."

영웅은 초롱초롱한 눈으로 블레스를 바라보았다.

그 눈빛은 서커스단에 구경 온 아이와 같았다.

블레스는 영웅이 자신을 상대로 조금도 긴장하지 않고 있다는 사실을 깨달았다.

2장

　자신과의 전투를 그저 장난스럽게 받아들이는 영웅의 모습에 블레스가 이를 악물었다.

　어떻게든 저 즐거워하는 얼굴이 일그러지도록 만들고 싶었다.

　블레스는 두 손을 모으고 주문을 영창했다.

　"신의 이름으로 명하노니 차원에 있는 절대적인 존재여! 이곳에 모습을 드러내어라!"

　블레스의 외침과 함께 허공에 거대한 소환진이 펼쳐졌고 이내 눈이 부실 정도로 밝은 빛을 뿜어져 나왔다.

　곧 휘황찬란한 빛 사이로 한 개의 그림자가 일렁이더니, 소환진을 통해 그곳에 모습을 드러냈다.

검은 몸체에 커다란 날개, 날카로운 이빨에 위용 넘치는 뿔까지.

소환된 것의 정체는 바로 드래곤이었다.

드래곤은 검은 몸체를 한껏 부풀리며 크게 포효하며 자신을 부른 이를 찾았다.

블레스는 그런 드래곤에게 명했다.

"너의 눈앞에 있는 인간을 치워라! 이것은 신의 명령이다!"

블레스의 외침에 블랙 드래곤이 잠시 주춤하더니, 이내 영웅이 있는 방향으로 거대한 몸체를 돌려 입을 크게 벌렸다.

드래곤 브레스를 사용하려는 것 같았다.

딱-!

그 순간 영웅이 손가락을 튕겼고 영웅의 등 뒤에서도 거대한 무언가가 모습을 드러냈다.

레드 드래곤 아더였다.

아더는 영웅이 열어 준 4차원의 문을 통해 안에서 영웅과 블레스의 대화를 전부 듣고 있었고 블랙 드래곤의 등장까지 알고 있었다.

그랬기에 자신도 본체로 변신해서 이렇게 등장한 것이다.

"아더, 다 들었지? 처리해."

"충!"

아더의 등장에 누구보다 경악한 사람은 바로 블레스였다.

"아니, 무, 무슨? 이게 뭔 일이야? 어찌 드, 드래곤을 소환한다는 말이야? 소, 소환진을 만드는 것도 보지 못했는데?"

블레스가 놀라든지 말든지, 아더는 영웅의 명령에 충실하게 자신의 눈앞에 있는 블랙 드래곤을 순식간에 제압해 버렸다.

"수고했어. 다시 들어가 있어."

"츙!"

그와 동시에 다시 영웅이 만든 4차원 공간 속으로 몸을 던져 들어가는 아더였다.

블랙 드래곤은 그 짧은 시간에 초주검이 된 채로 혀를 길게 빼고 기절해 있었다.

"아더, 얘도 들여보낼 테니 안에서 교육해 놔."

슈팍-!

기절한 블랙 드래곤 역시 영웅의 4차원 공간으로 사라졌다.

이 황당한 모습에 블레스가 두 눈을 동그랗게 뜨고 멍하니 영웅을 바라보았다.

그런 블레스를 바라보며 영웅이 히쭉 웃으며 말했다.

"또 해 봐. 이번에는 뭐가 나올지 궁금하다."

영웅의 말에 블레스가 긴장한 표정으로 말했다.

"형제님의 정체가 점점 더 궁금해지는군요. 하지만 제게 최후의 수단인 금단의 소환술이 있습니다. 물론, 이것을 사용하면 윗분들께 좀 혼나겠지만……. 아무래도 당신을 상대하기 위해선 사용해야 할 것 같군요."

"오! 금단의 소환술도 있는 거야? 그거 좋다! 어서 해 봐."

블레스는 금단의 소환술 주문을 중얼거리면서도 찜찜한 기분을 버리지 못했다.

이상하게 지금 소환하는 마계의 왕도 저자에게 안 될 것 같은 기분이 자꾸 들었다.

'에이, 설마. 마계의 왕을 상대할 수 있는 능력자는 이 세상에 존재하지 않는다! 마계의 왕을 다스릴 수 있는 건 오직나, 블레스뿐이다.'

블레스는 자꾸만 떠오르는 불안한 생각을 떨쳐 내기 위해 이를 악물고 금단의 소환술을 연신 외쳤다.

영웅은 그 모습을 느긋하게 지켜보고 있을 뿐이었다.

그 모습이 더욱더 짜증 나는 블레스였다.

'빌어먹을! 그냥 각성해서 찢어 죽일까? 아냐, 아냐. 각성하면 온전한 나로 다시 돌아온다는 보장도 없다. 참자. 아직은 완벽하게 각성을 마스터한 것이 아니니까.'

사실 블레스의 주특기는 이런 소환술이 아닌 무투였다.

그의 주력 공격기인 천살참공(天殺慘功)은 천인들도 놀랄 만큼 강한 무공이었다. 기술도 기술이지만 블레스는 엄청난 살기를 태어날 때부터 소유하고 있었다.

이 살기는 자신보다 약한 이들을 기절시키거나, 심할 경우

살기만으로도 죽일 수도 있었다.

조금 전 블레스의 살기에 사람들이 거품을 물고 기절을 한 것이 바로 이 이유였다.

하지만 이런 살기와 엄청나게 잔인한 내면을 가졌음에도 블레스는 천인들에게 누구보다 충성했고 그들을 섬겼다.

그 모습이 마음에 들었는지 천인들은 그에게 특별한 능력과 함께 각성기를 심어 주었다.

하지만 각성기를 완벽하게 마스터한 상태가 아니어서 무투를 쓸 때마다 자꾸 폭주하려는 것이 문제였다.

블레스는 이러한 문제를 천인들에게 말했다. 천인들은 블레스가 자신들과 같은 신체가 아니라는 것을 깨닫고는 각성기를 마스터할 때까지 그를 보호해 줄 수 있는 이지스의 목걸이와 함께 소환의 술을 알려 주었다.

또한 여러 차원에 있는 온갖 종류의 몬스터와 강자 들을 소환할 수 있게 만들어 주었다.

거기에 소환된 개체가 블레스를 공격하거나 그의 명을 거부할 수 없도록 신의 기운까지 불어 넣어 주었다.

그 덕에 블레스는 각성기를 마스터할 때까지 소환술에 의지하고 있었던 것. 소환술로 소환되는 개체들이 워낙에 강했기에 지금까지는 큰 문제가 없었다.

그렇게 잘 적응하며 지내 왔는데 오늘 영웅이라는 난관을 만난 것이다.

불안정한 각성기를 사용하면 블레스의 모든 능력이 열 배로 강해진다.

다만 마스터한 것이 아니기에 시간 제약이 있었고, 그 시간을 넘기면 이지를 상실한 채 그저 파괴만을 일삼는 괴물이 될 수도 있었다.

이런 사정으로 영웅이라는 난관을 만났음에도 쉽사리 무투를 사용하지 못하고 있었다.

문제는 어지간한 소환술로는 자신의 눈앞에 있는 영웅을 제압하지 못하리라는 거다.

그래서 블레스는 금단의 소환술을 이용, 마계의 왕을 소환해 영웅을 제압하려 했다.

블레스가 주문을 영창하자 검은 연기가 휘몰아쳤고, 허공에서 검은 구체가 소용돌이치며 섬뜩한 기운을 내뿜기 시작했다.

슈아아아악-!

그리고 그 구체를 통해 인간의 모습을 한 무언가가 거대한 기운을 품은 채 세상에 나왔다.

이내 검은 연기가 걷히고 서서히 실체가 보이기 시작했다.

영양의 머리 위에 있을 법한 튼실한 뿔과 불긋불긋한 피부, 그리고 터질 듯한 근육들과 뾰족한 귀.

그 모습에 블레스가 환하게 웃으며 외쳤다.

"크하하! 마계의 왕이여! 내가 그대를 불렀다!"

"인간, 나를 소환하다니 대단한 능력을 갖췄나 보군. 크크, 오래간만에 소환을 당해서 그런지 기분이 좋다. 말하라, 무엇을 원하는가."

"저기 있는 저자를 죽여라!"

"크크크, 그런 쉬운 일로 나를 부르다니. 알았다. 나 마왕 바일이 너의 소원을 들어주지."

그리 말하고 천천히 돌아 자신이 죽일 대상을 확인하는 마왕이었다.

"크크크, 내 손에 죽을 놈이 바로 너……."

마왕은 영웅을 바라보며 말을 하다 말고 멍하니 서 버렸다.

그런 마왕을 보며 영웅이 입가에 미소를 지으며 말했다.

"너였냐? 간만이다?"

"혀, 혀, 형님?"

"이 새끼가 사람들 죽이고 다니지 말랬더니 뭐? 내 손에 죽을 놈이냐고?"

"혀, 형님! 그, 그게 아니고."

"아니긴 이 자식이! 이리 안 와?"

"혀, 형님! 으아악!"

퍼퍼퍽-!

"오냐! 그동안 내 주먹맛이 그리웠지? 어?"

"꾸에에엑! 왜, 왜 여기에 혀, 형님이……. 커헉!"

"오래간만에 만났으니 내가 정을 듬뿍 담아서 밟아 줄게!"

"그, 그러시지 않아도……. 꾸에엑!"

정말로 몸에서 먼지가 날 정도로 두들겨 맞고 있는 바일이었다.

블레스는 턱이 빠질 정도로 놀란 채 그 모습을 바라보고 있었다.

"저, 저게 뭐야? 뭐지? 내가 헛것을 보는 건가? 마, 마계의 왕이……. 처맞고 있네?"

어찌나 인정사정없이 패는지 블레스는 자신도 모르게 몸을 부르르 떨었다.

그리고 무언가가 크게 잘못되어 가고 있음을 깨달았다.

일단 이곳에서 벗어나 천인들에게 이 상황을 알려야겠다는 생각이 들었는지, 조심스럽게 몸을 돌려 빠져나갈 준비를 하는 블레스였다.

물론, 성공하지 못했다.

영웅이 전부 다 지켜보고 있었으니까.

"어디 가냐? 나랑 이야기 안 끝난 것으로 아는데?"

"자, 잠시 볼일이 좀 있어서 말입니다, 형제님."

"아까도 말했지만……."

슈팍-!

"나는 네 형제가 아니라고……. 어디 이것도 막아 봐라."

푸항-!

아까와는 차원이 다른 소리가 영웅의 주먹에서 들려왔고, 블레스는 자신도 모르게 내기를 끌어올려 그것을 막았다.

쩌정-!

"크헉!"

휘이익-!

쿠당탕탕-!

이번에는 엄청난 충격을 고스란히 받았는지 피를 토해 내며 구석까지 날아가 버린 블레스였다.

"쿨럭! 쿨럭!"

쩌적-!

연신 피를 토해 내고 있을 때, 목에서 무언가 깨지는 소리가 들려왔다.

곧 바닥으로 무언가가 힘없이 떨어졌다.

자신이 토해 낸 핏자국 옆에 떨어진 무언가를 보자 블레스의 동공이 세차게 흔들리기 시작했다.

"이, 이지스의 목걸이……."

바닥에 떨어진 것은 산산조각이 난 이지스의 목걸이였다.

영웅의 주먹에 버티지 못하고 박살이 난 것이다.

"이지스의 모, 목걸이가……. 그, 그분들께서 주신 모, 목걸이가……."

블레스는 떨리는 동공으로 바닥에 떨어진 목걸이를 바라보다가 천천히 몸을 숙여 그것을 떨리는 손으로 소중하게 모았다.

그리고 품속에 조심스럽게 넣더니 일어섰다.

일어서는 그의 몸에서는 엄청난 살기가 발산되기 시작했다.

그의 눈은 붉다 못해 빨갛게 변해 있었고 엄청난 기세로 인해 그의 옷이 위로 솟구치며 펄럭이고 있었다.

"감히 신들께서 주신 성물을 박살을 내다니……. 내가 죽는 한이 있더라도 네놈만은 용서하지 않을 것이다!"

그오오오오옹–!

그가 분노하자 기의 회오리가 더욱 세차게 휘몰아치기 시작했다.

그 모습에 영웅은 뒤에서 멍든 눈을 문지르는 마왕 바일을 바라보며 물었다.

"너 저런 거 본 적 있냐?"

"어, 없습니다. 그런데 저자의 몸에서 나오는 기운은 저희 쪽에 가깝네요."

"됐다. 저기 네가 왔던 소환진 닫히려 한다. 어서 가 봐라."

"헉! 넵! 혀, 형님 그, 그럼 저는 이만 가 보겠습니다!"

"오냐, 내가 시간 내서 한번 놀러 가마."

"알겠습니다!"

영웅과 짧게 인사를 하고 서서히 닫히는 소환진을 향해 재빨리 뛰어 들어가는 바일이었다.

바일과 함께 소환진이 소멸하고 거대한 살기만이 그곳을 가득 메웠다.

"진각성초인권(眞覺醒超人拳) 1단공!"

순간 블레스의 눈과 머리카락 색이 하얗게 변했고 그의 몸에서 휘몰아치던 강렬한 기운들이 순식간에 가라앉았다.

사방이 순식간에 고요했지만, 영웅은 느낄 수 있었다.

블레스가 아까와는 달리 엄청나게 강해졌다는 사실을 말이다.

사실 영웅은 지금 블레스의 모습보다 블레스가 사용한 기술에 더 큰 관심을 보였다.

자신이 보았을 때 지금 블레스는 최소한 열 배는 강해진 것 같았고, 그런 강함을 만드는 기술이라면 훗날 만나게 될 무라트족과의 전투에 도움이 될 것 같았다.

"여기 와서 얻은 것 중에 최고의 수확이네. 진각성초인권? 이제부터 저건 내 거다."

그렇게 중얼거리고 있을 때 블레스가 순식간에 다가와 영웅을 향해 고속으로 주먹을 날리기 시작했다.

투바바바바바바ー!

끼아아아앙ー!

어찌나 빠른 속도로 휘두르는지 기이한 소리가 들려왔다.

그런데 눈에 보이지도 않을 속도로 주먹을 날리는데도 타격의 느낌이 전혀 오질 않았다.

영웅의 몸에 전혀 적중되고 있지 않다는 뜻으로, 영웅은 블레스가 날리는 초고속의 펀치들을 모조리 피하고 있었다.

"천참만륙(千斬萬戮)!"

쯔아앙—!

자신의 공격이 영웅에게 먹히지 않자 블레스는 손가락을 구부려 짐승의 발톱 형상으로 만든 뒤에 엑스 자로 휘두르기 시작했다.

휘두를 때마다 발톱 모양의 날카로운 강기가 그물처럼 영웅을 향해 날아갔다.

피할 공간을 주지 않겠다는 강렬한 의지가 담긴 공격이었다.

보통의 능력자였다면 지금 공격을 피하지 못하고 블레스의 손톱에서 뿌려지는 강기에 뚫려 목숨을 잃었을 것이다.

하지만 영웅은 보통 인간이 아니었다.

카가각—!

블레스가 날린 강기가 영웅의 몸에 부딪혔지만, 몸을 뚫지 못하고 힘없이 소멸해 버렸다.

블레스는 그 광경을 보며 충격을 받고 중얼거렸다.

"진각성초인권을 쓴 상태에서 한 공격을…… 아무렇지도 않게 막았다고?"

무투는 소환술과 달리 블레스의 주특기였고 가장 자신하

는 것이었다.

거기에 자신의 힘을 무려 열 배 이상으로 증폭시켜 주는 능력까지 쓴 상태에서 날린 기술이었는데, 전혀 먹히지 않고 있었다.

블레스는 이를 악물었다.

'괴물! 저 괴물을 이기려면…… . 방법은 하나인가?'

결국, 자신의 한계를 뛰어넘기로 마음먹었다.

이로 인해 몸이 폭사해 죽는다고 해도 후회는 없었다.

저기 서 있는 영웅에게 한 방을 먹일 수만 있다면 말이다.

"진각성초인권 3단공!"

진각성초인권 3단공은 지금까지 한 번도 시도해 보지 않았던 미지의 영역이었다.

2단공도 간신히 유지할 정도였고 그마저도 이성을 잃을까 봐 시도도 잘 하지 않았다.

그런 위험에도 불구하고 블레스가 자신을 희생하여 3단공을 하는 이유는 지금 이 전투가 성전이라 생각해서였다.

눈앞의 적을 자신이 모시고 있는 천인들의 골칫덩이가 될 것이라 여긴 것이다.

3단공을 펼치는 블레스의 온몸엔 붉은 핏줄과 푸른빛의 힘줄이 피부를 뚫고 나올 기세로 솟아올라 있었고 그의 새하얀 눈에선 빛이 새어 나왔다.

그의 몸 주변에는 1단공 때와는 달리 기의 회오리가 끊임없이 휘몰아치며 그의 몸 주변을 휘감고 있었다.

페트로는 그것을 보고는 놀란 표정을 지었다.

"진각성초인권은 우리 종족에 특화된 무공이라 인간들이 사용하기엔 버거울 텐데……. 그걸 3단공까지 펼친다고? 왜 그들이 저자를 신관으로 삼았는지 알겠군."

놀라는 페트로의 모습에 옆에 있던 앤드류가 놀라운 표정을 지으며 물었다.

"그게 그렇게 대단한 겁니까?"

"진각성초인권은 우리 종족 중에서도 선택받은 자들만이 익힐 수 있는 특수 무공이다. 그리고 인간이 익힐 수 있는 무공이 아니야. 우리 종족의 특별한 신체만이 저 무공을 견딜 수 있기 때문이지. 그런데 저자는 인간의 몸인데도 그것을 버티며 펼치고 있어. 하지만……. 오래가진 못할 거다. 봐라. 벌써 과부하가 걸려서 눈과 귀, 코와 입에서 피가 흘러나오고 있잖아."

"일격에 모든 것을 걸었나 보군요."

앤드류의 말에 페트로가 고개를 끄덕였다.

블레스는 이들의 말처럼 단 한 수에 모든 것을 걸 작정이었다.

천인들이 자신에게 손수 전해 준 무공.

천살참공(天殺斬功).

하늘도 죽일 수 있다는 광오한 이름의 무공이었다.

그 무공에서도 최후 초식인 천살천참공을 날릴 예정이었다.

블레스는 그 와중에도 초인적인 정신력으로 버티며 페트로에게 외쳤다.

"천인이시여! 피하십시오! 이곳의 모든 것이 날아갈 것입니다!"

자신의 목숨이 다하는 그 순간에도 자신이 모시는 천인에 대한 충성심을 보이는 블레스였다.

그런 블레스의 모습에 영웅이 눈을 반짝였다.

뭐가 되었든 자신이 모시는 이에 대한 충성심이 남다른 것이 보였기에 그가 마음에 들었다.

그리고 블레스가 말하는 천인이라는 것에 호기심이 생겼다.

무엇이길래 블레스가 저토록 충성을 다하는지 궁금해진 것이다.

'그러고 보니 아까 신 어쩌고 하는 거 같던데…….'

영웅은 블레스가 최선을 다해 움직일 수 있게 하려고 구석에 있는 페트로의 머릿속으로 자기 뜻을 전달했다.

─일단 옆에 있는 사람하고 같이 밖으로 나가 있어. 여긴 내가 알아서 할 테니.

영웅의 말뜻을 알아들었는지 페트로는 고개를 끄덕이고는 앤드류를 데리고 서둘러 밖으로 나갔다.

그 모습을 본 블레스가 안도의 한숨을 쉬며 다시 영웅을 노려보았다.

영웅은 자신을 죽일 듯이 노려보는 블레스를 바라보며 물었다.

"너 좀 탐난다. 어찌하면 너를 내 것으로 만들 수 있을까?"

"크큭! 형제님, 그것은 영원히 이루어질 수 없는 바람이군요. 그대가 천인들의 왕이라도 되지 않는 한 그 소원은 이루어질 수 없겠군요."

"그래? 그럼 천인들의 왕이 되어 보지 뭐."

"으드득! 정말 용서 못 할 분이시군요! 제가 분명히 말씀드렸죠! 그분들을 욕되게 하지 말라고!"

"아니, 그들의 왕이 된다는 것이 어찌 그들을 욕하는 거지?"

"미천한 인간 따위가 그런 망발을 했다는 것 자체가 그분들을 욕되게 하는 것입니다!"

"뭐 두고 보면 알겠지. 아무튼, 너 약속한 거다? 내가 천인들의 왕이 된다면 나만을 섬기는 것으로."

"좋습니다! 그러나 다시 말씀드리지만, 그것은 이루어지지 않을 것입니다! 왜냐하면!"

쿠아아아—!

말을 하다 말고 영웅을 향해 양손을 교차한 뒤에 강력한 기운을 모아 쏘아 보내며 말을 이어 갔다.

"그대는 나와 함께 이곳에서 죽을 것이기에!"

지금까지 만나 온 그 누구보다 강력한 공격이 자신을 향해 다가옴에도 영웅은 그저 미소를 지을 뿐이었다.

"이곳이 파괴되면 큰 소란이 일어날 것 같으니 일단은 흡수해야겠군."

중얼거리고는 바로 눈앞까지 다가온 기운을 향해 손을 뻗었다.

영웅의 손에 막힌 공격에 블레스가 다시 이를 악물고 그것을 폭파하려 했다.

그런데 아무리 기를 써도 자신의 공격이 폭발하지 않았다.

"무슨?"

이게 지금 무슨 상황인지 이해가 되질 않는지 블레스가 하얗게 변한 동공으로 영웅을 바라보았다.

그러자 영웅의 손바닥에 검은 구체가 생기며 블레스가 쏘아 보낸 기운을 빨아들이기 시작했다.

슈아아아악—!

"내, 내 기운을 흡수한다고? 그, 그것도 아무렇지 않게?"

블레스는 황당한 표정으로 영웅을 바라보았다. 그러다가 영웅의 표정이 일그러지는 것을 보았다.

'그럼 그렇지. 무리해서 내 기운을 흡수하고 있는 것이군. 지금 저자는 내 기운을 다스리는 것만으로도 벅찬 상태일 것

이다. 그렇다면 거기에 더 강한 기운을 덧붙여 주마.'

영웅의 표정이 일그러지는 것을 본 블레스는 영웅이 힘겨워하고 있다고 느꼈다.

또 흡수하는 동안은 무방비 상태로 보였기에 블레스는 마지막으로 자신의 모든 것을 쥐어짜 내어 영웅에게 최후의 일격을 날렸다.

자신의 생명이 끝나도 상관없었다.

초인권을 사용한 기술을 아무렇지도 않게 막는 영웅의 모습을 보고는 블레스는 다시 한번 확신했다.

영웅은 자신이 모시는 천인들에게 가장 큰 골칫거리가 되리라는 것을 말이다.

자신이 모시는 분들의 걱정거리를 없앨 수만 있다면, 자신의 하찮은 목숨은 어찌 되든 상관없었다.

그그그그궁-!

블레스가 자신의 남은 기운을 끌어올리자 투기장 전체가 진동하더니, 여기저기 갈라지기 시작했다.

그 모습에 영웅이 고개를 흔들고는 중얼거렸다.

"안 되지, 안 돼. 기껏 여기가 폭파되지 않도록 이런 수고를 하고 있는데 그걸 물거품으로 만들면 안 되지."

슈팍-!

영웅은 흡수하던 기운을 순식간에 처리하고는 재빨리 블레스가 있는 곳으로 이동했다.

그리고 그의 앞에 서서 미소를 지으며 말했다.

"자극을 주려고 인상을 좀 찡그렸는데 그렇게 생명력까지 걸고 공격할 건 아니잖아? 그리고 말했지? 네가 마음에 든다고. 죽게 둘 수야 없지. 크큭."

그리 말하고는 블레스가 입을 열기 전에 재빨리 그의 머리를 붙잡았다.

블레스는 자신 앞에 있는 영웅을 향해 모은 기운을 방출하려 했지만 그러지 못했다.

몸이 말을 듣지 않았다.

"일단은 좀 쉬어라."

순간 블레스는 몸이 개운해지는 기분을 느꼈고 엄마 품속에 있는 듯한 따스함을 느꼈다.

그러면 안 되는 것을 알지만 자신도 모르게 자꾸 감기는 눈 사이로 미소를 짓고 있는 영웅이 보였다.

분명 방금까지 죽이려는 마음이 더 컸는데, 이상하게 그 미소를 보니 마음이 편안해졌다.

그렇게 블레스는 정신을 잃었다.

털썩-!

쓰러진 블레스를 바라보며 영웅이 중얼거렸다.

"일단 천인이 무엇인지 그놈에게 물어봐야겠군. 이놈이 천인이라고 불렀으니 잘 알겠지."

영웅이 사라진 투기장에선 한바탕 난리가 일어나고 있었다.

한눈에 봐도 계급이 있어 보이는 자들이 노발대발하면서 그곳의 관계자들을 질타하고 있었다.

"미친 새끼들아! 그분께서 경기에 나가시면 우리한테 보고하라고 했지!"

"그, 그게 알리지 말라고 하셔서……."

짝—!

대답을 한 사람의 뺨이 90도로 돌아갔다.

"이 새끼가 지금 그걸 말이라고 하는 거야? 그분께 무슨 일이 생기면 우린 전부 죽어. 아니, 이곳 시온에 사는 모든 인간이 전부 죽는다고!"

"빌어먹을, 그분들께 선택받아 이곳에 들어오기가 얼마나 힘든 일인데……. 그러니까 관중 난입하는 건 금지하자니까."

"언제는 그게 진정한 재미라며!"

"지금 그게 문제야? 경기를 관람하시던 천인분들께서도 지금 그분의 행방을 묻고 계신다. 당장 찾아! 도시를 샅샅이 뒤져서라도 찾아!"

상관으로 보이는 자의 명령에 아랫사람들은 굳은 표정으

로 서둘러 움직이기 시작했다.

사람들이 이리저리 뛰어다니며 움직이는 것을 보고는 한숨을 쉬며 담배를 하나 꺼내 들어 무는 남자였다.

남자는 담배 연기를 깊게 빨아들인 후에 길게 뿜어내며 말했다.

"후우! 젠장, 왜 하필 내가 진급하자마자 이런 일이 일어나는 거야."

"마스터, 그자는 누구일까요? 바깥에서 온 자일까요?"

"투기장 데이터에 등록된 자야?"

마스터의 질문에 수하가 고개를 저었다.

"아닙니다. 어디로 들어왔는지 들어온 흔적이 없습니다. 갑자기 난입할 때까지 그 어디서도 그의 흔적을 찾을 수가 없었습니다."

"빌어먹을, 자신의 자취를 감출 수 있는 능력자였나? 그것보다 블레스가 처리를 못 하고 같이 사라지다니."

"블레스 님이 처리를 못 할 정도의 능력자라면 큰일 아닙니까."

"그래, 그래서 더 문제야. 다행히 천인들께서는 지금 이 상황을 유희거리로 보고 계신다."

"유희요?"

"그래……. 이런 일은 처음이다 보니 흥미로운 해프닝으로 생각하고 지켜보고 계신다. 문제는 그것이 언제까지 지속

될지 모른다는 것이지. 그러니 최대한 빨리 찾아야 해."

"찾지 못하면 목숨이 걸려 있다는 것을 잘 알고 있으니 눈에 불을 켜고 찾아낼 것입니다. 너무 걱정하지 마십시오."

"제발 그랬으면 좋겠군."

영웅은 페트로와 앤드류 그리고 어깨에 멘 블레스를 데리고 시온 밖에 있는 허름한 건물로 이동했다.

그리고 아더와 킬라쉬를 밖으로 나오게 한 뒤에 그곳을 정리하게 하고 머물 수 있는 공간으로 만들어 놓았다.

블레스는 여전히 깊은 잠에 빠진 상태였고 영웅은 그런 블레스를 잠시 바라보다가 앤드류에게 먼저 말을 걸었다.

"일단 여기 상황이 궁금해서 그러니까 조금만 더 있다가 돌아가자."

"알겠습니다. 저는 신경 쓰지 마시고 하고 싶은 일을 하십시오."

"고맙군."

영웅은 앤드류에게 미소를 지어 보이고는 옆에 있는 페트로를 바라보았다.

그리고 물었다.

"여기 누워 있는 놈이 너에게 천인이라고 하던데……. 그게 뭐지?"

영웅의 질문에 페트로가 누워 있는 블레스를 바라보며 입을 열었다.

"솔직히 말하면 지구에 살던 인간들 처지에선 저희가 천인이 아닙니다."

"그게 무슨 말이야? 저기 누워 있는 사람이 인간이 아니라는 뜻인가?"

"아닙니다. 과거 지구에 침공한 외계 종족이 있었고 지금의 황폐한 지구를 만든 종족이 바로 그들이라는 것을 잘 알고 계시겠지요?"

페트로의 말에 영웅이 고개를 끄덕였다.

"저희가 바로 그 외계 종족입니다. 지구를 이렇게 만든⋯⋯."

"뭐? 너희가 그 외계 종족이라고? 아니⋯⋯. 그럼 왜 인간을 전부 죽이지 않고 살려 둔 거지?"

"그건 저희가 처했던 상황을 설명해야 이해하실 수 있으실 겁니다. 저희는 홍익인간족이라 불리는 종족입니다."

"뭐? 뭐라고?"

"홍익인간족이라고⋯⋯. 왜 그렇게 놀라십니까? 혹시 아십니까? 인간들은 저희의 정체를 정확하게 모르는데요."

"나중에 설명하지. 일단 하던 이야기를 계속해 봐."

"네, 일단 저희 홍익인간들이 살던 행성은 파괴되고 전부 우주 이곳저곳으로 뿔뿔이 흩어져 있는 상태입니다. 부끄럽게도 다른 외계 종족을 피해서 말이죠. 우리는 신분 계급에 따라 각자 우주선에 분배되어 고향을 탈출했습니다. 제가 탄 우주선은 평민들과 천민들이 탄 우주선이었습니다."

"신분 계급이 있어? 계급에 따라 다른 것이 있나?"

"권능입니다. 저희는 창조하는 권능이 있습니다. 권능의 힘에 따라 창조할 수 있는 등급이 정해져 있습니다. 상위 계급으로 갈수록 창조할 수 있는 종류가 많아지지요."

영웅은 화성에서 만난 흑치상이 한 이야기들을 떠올리며 페트로의 이야기를 듣고 있었다.

흑치상의 이야기 속에선 이들의 계급에 관한 이야기는 없었기에, 더욱더 흥미진진하게 들을 수 있었다.

"아무튼, 저희는 정착할 행성을 찾고 있었습니다. 우리가 살던 환경과 똑같은 지구를 말입니다. 언제까지 떠돌 수는 없는 노릇이었으니까요. 어차피 우리가 만든 행성이니 당연히 우리가 주인이라는 생각으로 이곳에 왔습니다. 그런데……."

"인간들의 저항이 엄청났군."

"맞습니다. 인간들의 반격에 정찰을 보낸 종족이 전멸했지요. 비록 종족의 최하위 계급이었기에 힘이 약해 당했다고는 하지만, 어찌 되었든 우리를 공격한 것은 사실이니까요."

최하위 계급이어도 능력이 엄청났던 모양이다.

전에 화성에서 봤던 내용엔 지구 인구의 절반을 희생하고서야 겨우 막았다는 내용이 있었으니까.

비록 자신들은 그게 약해서 당했다고 여기고 있지만, 인간들 처지에서는 재앙이나 다름없었을 것이다.

"우리는 크게 분노하여 지구에 있는 인간 대부분을 전멸시켰습니다. 그것도 부족해서 그들을 사냥할 생명체를 만들어 지구 곳곳에 뿌려 두었습니다. 그 생명체는 오로지 인간만을 사냥하도록 인식시켜 두었지요."

"생각보다 맛있던데."

"네?"

"아, 아니야. 계속해 봐. 그럼 시온은 너희가 정착하기 위해 만든 도시라는 거네?"

"그렇습니다. 그러다 남은 지구인들을 노예로 삼아 편히 지내자는 말이 오갔습니다. 결국, 편의를 위해 우월한 종자의 인간들을 선별하여 충성심을 세뇌한 뒤에 능력을 주고 시온으로 데려갔습니다. 우리가 준 능력이 과연 인간들에게 잘 적용이 되는지 테스트를 하기도 했고요. 그 중간에 대지진이 일어나면서 능력을 받은 인간들이 대량으로 빠져나가기도 했지요."

"아……. 그럼 투기장은?"

"도망간 능력자들을 잡아 처형하는 장소죠. 배신은 곧 죽음이니까. 뭐, 그래도 전부 죽이지는 않습니다. 그중에서도 특별한 능력자는 오히려 그곳을 벗어나 중임을 맡기도 하니까요. 저기 누워 있는 블레스가 바로 그 경우입니다."

페트로의 말에 영웅이 고개를 돌려 블레스를 바라보았다.

"블레스의 경우는 특별했습니다. 그런 그를 눈여겨본 상위 계급이 그에게 홍익인간들의 무공인 진각성초인권과 천살참공을 전해 주었고 소환술 능력까지 심어 주었죠."

"진각성초인권은 그 적이라는 외계 종족을 상대하기 위해 만든 무공인가?"

"역시 남다르시군요. 맞습니다. 하지만 그 누구도 그것을 대성하지 못했죠. 이론상으로는 우주 최상의 무공인데 말입니다. 그래도 혹시 종족 중에서 그것을 완벽히 익히는 인재가 나올지도 모르니 모든 종족에게 필수적으로 전수하는 무공이지요."

"그럼 블레스에게 전수를 한 이유는?"

"테스트일 겁니다. 그가 무공을 펼치는 것을 보고 신체 변화를 보며 연구하려 했겠지요."

"이거 순 양아치들이었군."

"죄송합니다. 제가 생각해도 그런 면이 있는 것 같습니다. 우월감에 취해 살던 종족이었으니까요."

왜 무라트족이 홍익인간족을 없애려 하는지 조금은 이해가 된 영웅이었다.

"그래서 뭐 좀 얻었을까?"

영웅의 물음에 페트로가 고개를 저었다.

"알아내었다면 블레스가 저리 돌아다니게 두지 않았을 것입니다. 다들 그러더군요. 오로지 우리의 왕만이 그 무공을 대성할 수 있다고요. 뭐, 전설이지만 말입니다."

페트로의 말에 영웅의 눈빛이 달라졌다.

"혹시……. 흑치상이라고 들어 봤어?"

영웅의 물음에 페트로가 화들짝 놀라며 벌떡 일어났다.

"헉! 네? 그, 그분의 이, 이름을 어, 어찌 아십니까?"

"유명한가?"

"유, 유명하다니요? 그, 그분은 홍익인간족의 재상이십니다! 그분을 어찌 아십니까?"

"아, 그럼 그 흑치상이라는 사람이 이곳에 오면 저기 시온에 있는 천인들도 다 다스릴 수 있는 거야?"

"다, 당연한 말입니다. 그, 그분은 귀족들의 귀족이십니다. 저기 시온에 있는 최상위 계급이라고 해 봐야 평민 중에서 높은 계급일 뿐, 그분에 비하면 미천한 계급일 뿐입니다. 그분께서 이곳에 나타나신다면 저 시온은 그분의 것이 됩니다. 혹, 그분이 어디에 계신지 알고 계신 것입니까? 그, 그래서 이렇게 강하신 것입니까?"

"좀 알긴 하지. 흠, 그래? 그렇단 말이지."

영웅이 알 수 없는 말을 하며 중얼거리자 페트로가 긴장한 표정으로 물었다.

"아, 알려 주십시오. 그, 그분을 어찌 아시는 것입니까?"

간절한 표정으로 계속 묻는 페트로에게 영웅이 턱을 긁적이며 말했다.

"내 수하다."

"네?"

"흑치상이 내 수하라고."

"그, 그게 무, 무슨 말입니까! 마, 말도 안 되는 소리……. 서, 설마? 호, 홍익인간족이십니까?"

"음……. 기다려 봐. 부를 테니."

"네?"

영웅의 말에 페트로는 지금 이게 무슨 상황인지 파악을 할 수 없었다.

갑자기 감히 입에도 담을 수 없는 분의 이름을 말하질 않나, 그 엄청난 분을 자신의 수하라고 하질 않나.

아마 페트로가 영웅에 의해 정화되지 않았다면 당장 영웅의 면상에 주먹부터 날렸을 것이다.

페트로가 어찌 반응하든지 신경 쓰지 않고 품속에서 청동 거울을 꺼내는 영웅이었다.

"엇! 그, 그건 우리 종족의 기물 같은데? 그것을 어찌?"

연신 놀라는 페트로에게 영웅은 미소를 지어 보이고는 거울에 기운을 불어 넣었다.

그러자 거울에서 빛이 환하게 일어나더니 누군가가 영웅

의 앞에 소환되었다.

"신! 흑치상 폐하의 부름을 받고 이리 왔사옵니다! 명령을 내려 주시옵소서!"

흑치상은 소환이 되자마자 부복하며 영웅에게 최대한의 예의를 갖추었다.

그 모습에 페트로가 놀란 얼굴로 흑치상을 자세히 살폈고 이내 크게 놀라며 엉덩방아를 찧었다.

"헉! 지, 진짜 재, 재상님?"

페트로의 소란에도 흑치상은 고개를 들지 않고 굳은 듯이 가만히 영웅의 명령만을 기다리고 있었다.

"고개를 들어 저놈을 좀 봐 봐."

"충!"

영웅의 명이 떨어지고서야 고개를 들어 페트로를 바라보는 흑치상이었다.

"저희 종족이군요."

흑치상의 말에 영웅이 고개를 끄덕였다.

"나에 대해 설명 좀 해 줘. 또 너에게 지시를 내릴 일도 있고."

"알겠습니다! 일단 폐하에 대해 설명부터 하고 오겠습니다."

흑치상의 말에 영웅이 고개를 끄덕이며 자리를 피해 주었고, 흑치상은 벌떡 일어나 페트로에게 걸어갔다.

"기운을 보아하니 평민 같은데 네놈이 이곳에 어인 일이더냐? 이곳에 정착한 것이냐?"

"그, 그렇습니다!"

페트로의 답에 흑치상이 고개를 돌려 시온이 있는 방향을 바라보았다.

"저기서 느껴지는 잡스러운 기운이 너희의 기운이었군. 기운이 잘 안 느껴지고 조잡한 것을 보니, 포스 교란기를 설치해 둔 것이냐?"

"그, 그렇습니다. 호, 혹시라도 무라트족이 이곳을 찾아올 수도 있어서……."

"지구를 이 모양으로 만든 이유도 그놈들이 이곳에 관심을 가지지 못하도록 하기 위함이겠군."

흑치상은 주변의 풍경만 보고도 지구에 무슨 일이 일어났는지 정확하게 파악하고 있었다.

"잡스러운 기운이 가득한 것을 보니 최하층민부터 평민 계급이 저곳에 터를 잡은 모양이군. 저곳에서 제일 높은 계급이 무엇이냐?"

"사, 상평입니다."

"그놈들이 저곳에서 왕 노릇을 하고 있겠군. 상평이든 하평이든 우리에게는 평민인 것은 매한가지건만. 쯧쯧, 이래서 탈출을 시킬 때 골고루 분배를 시켜 내보내자니까는……."

흑치상이 고개를 저으며 혀를 차고 있을 때 페트로가 조심스럽게 물었다.

"저……. 재, 재상님. 아, 아까 그분에게 폐, 폐하라고 하시던데……. 그, 그게 무슨 상황인지……."

"말 그대로다."

"제, 제가 아는 폐하라는 단어가 맞는지요……. 저, 저희의 왕을 지, 지칭하는……."

"맞다. 제대로 알고 있구나."

흑치상의 말에 페트로의 입이 쩍 벌어졌다.

"네놈……. 폐하께 무례를 범하진 않았겠지? 만약 그런 일이 있다면……."

후웅-!

순간 흑치상의 몸에서 엄청난 기파가 피어오르며 페트로를 압박해 갔다.

"크흑!"

"네놈을 가만두지 않을 것이다."

"아, 알겠습니다."

페트로의 대답에 흑치상이 기운을 가라앉히고 옷매무새를 깔끔하게 정돈한 뒤, 영웅이 사라진 방향으로 고개를 조아리며 말했다.

"폐하, 모든 설명이 다 끝났사옵니다."

자신을 대할 때와는 달리 세상 공손한 자세로 영웅을 부르는 모습에 페트로는 영웅이 진짜 자신들의 왕이라는 사실을 깨달았다.

"생각보다 이야기가 빨리 끝났네?"

"허허, 딱히 큰 설명이 필요하겠사옵니까. 그저 폐하를 폐하라 부르는 이유를 말해 주었을 뿐이옵니다."

"하긴, 뭐. 그게 길게 할 이야기는 아니지."

"한데, 소신에게 명하실 일이 무엇인지 감히 여쭈어도 되겠사옵니까?"

"아, 저기 시온이라는 곳에 대해서도 대충 알지?"

"그러하옵니다."

"같이 가서 저기 정리 좀 하자."

"어떤 정리를 말씀하시는 것이옵니까? 혹여 저들이 폐하께 무례를 저질러서 그들을 혼내실 요량이라면 저 혼자 가도 충분하옵니다."

"아니, 이곳 지구인과 좀 평화롭게 지내라고 말 좀 하려고. 그런데 내가 떡하니 너희의 왕이니 말을 들으라고 하면 쟤들이 믿겠니? 그래서 너의 힘이 필요해. 너는 홍익인간이라면 모르는 사람이 없다며."

"그렇사옵니다. 모르는 이가 없지요. 알겠사옵니다, 폐하. 신이 나서서 저들에게 폐하의 뜻을 전하도록 하겠사옵니다."

"그럼 부탁 좀 해."

"부탁이 아니라 명이라 하여 주시옵소서!"

그리 말하며 다시 부복하는 흑치상이었다.

"그래, 명이다."

"신! 흑치상! 폐하의 명을 받드옵니다!"

그 길로 영웅과 함께 시온으로 향하는 흑치상이었다.

거대한 방벽이 끝도 없이 펼쳐져 있고 강력한 뇌전이 주변에서 끊임없이 일렁이는 난공불락 같은 요새.

그 요새 앞에 검은 비단 한복을 입은 흑치상이 도포를 펄럭이며 서 있었다.

그는 이내 심호흡을 크게 하고는 시온을 향해 사자후를 날렸다.

"이놈들! 모조리 기어 나오지 못할까!"

웅웅웅웅-!

엄청난 소리에 사방이 진동했고 시온의 방벽이 흔들리기까지 했다.

이내 여기저기서 거대한 사이렌 소리가 울려 퍼지더니, 성벽 위로 거대한 기계들이 사방에서 튀어나왔다.

기계들은 사자후를 날린 흑치상을 찾아내고는 그를 향해 공격하기 시작했다.

쯔즈즈증-!

푸른빛의 광선이 흑치상을 향해 날아갔지만, 광선들이 그의 몸에 맞기도 전에 사라졌다.

그와 동시에 흑치상은 손을 뻗어 자신을 공격하는 기계들을 분해해 무(無)로 돌려보내 버렸다.

스팍- 스팍-!

수십 대의 기계들이 한 줌의 먼지로 변해서 사라지는 데는 1초도 걸리지 않았다.

붉게 변한 눈으로 거대한 성벽을 바라보는 흑치상.

푸쉭-!

뭔가 증발하는 소리와 함께 거대했던 성벽 일부가 순식간에 사라져 버렸다.

마치 애초부터 그곳에 존재하지 않았던 것처럼 말이다.

거대한 성벽이 사라지자 안에 화려한 세상이 모습을 드러냈다.

그러자 흑치상이 혀를 차며 중얼거렸다.

"쯧쯧, 바깥은 이 지경으로 만들어 두고 자신들이 사는 곳은 아주 신선들이 사는 곳처럼 꾸며 놓았군."

성벽을 박살 낸 흑치상은 뒷짐을 진 채로 이곳으로 몰려올 시온 속의 홍익인간들을 기다렸다.

자신이 대놓고 기운을 퍼트렸으니 궁금해서라도 몰려올 것이다.

영웅은 한참 떨어진 뒤에서 가장 편한 자세로 누워 그것을 감상하고 있었다.

그 옆에는 페트로가 어디서 구해 왔는지 거대한 파라솔을 펼쳐 영웅에게 햇빛이 가지 못하도록 가리고 있었다.

영웅의 옆에는 여전히 깊은 잠에 빠져 있는 블레스가 있었다.

페트로는 블레스가 어서 일어나서 자신을 도왔으면 하는 바람이었지만, 그것을 겉으로 내색하지는 않았다.

블레스가 자신을 돕지 않는다고 해도 불만은 없었다.

지금 이곳에는 자신들이 그토록 염원하던 왕이 계시질 않는가.

페트로는 자신의 왕에게 봉사할 수 있다는 사실, 그것만으로도 감사하고 또 감사했다.

'그래, 우리를 이 구렁텅이에서 구원해 주실 우리의 왕이 계신다. 우리의 왕이…… 이제 우리 홍익인간족의 기나긴 시련은 끝이다.'

그리 생각하니 자신도 모르게 눈물이 흘러나오는 페트로였다. 이제 홍익인간들을 하나로 모아 줄 구심점이 생겨난 것이다.

한편, 시온 안에서는 한바탕 난리가 났다.

"느, 느꼈나?"

"느꼈습니다! 사, 상위…… 아, 아니 최상위 계급의 기운이었습니다!"

"마, 맞아! 이, 이곳을 어찌 찾았지? 포스 교란기가 설치되어 있어서 우리를 발견할 수가 없을 텐데?"

"그나저나 어찌합니까? 저렇게 대놓고 기운을 뿌렸다는 것은 알아서 기어 나오라는 소리 같은데요."

"맞아, 젠장!"

화려한 방 안에 한껏 차려입은 사람들이 흑치상의 기운을 느끼고 어찌할 바를 모르고 있었다.

그러던 중 한 명이 큰 소리로 외쳤다.

"여기서 이러고 있다가 늦었다고 경을 치는 것이 아니오? 어, 어서 가 봅시다!"

"맞소! 일단 가서 확인하고 걱정해도 늦지 않습니다!"

"그럽시다! 저, 정말로 고위 귀족이라면 늦게 간 것만으로도 크게 문제가 될 것입니다!"

다들 생각을 정리했는지 서둘러 밖으로 나가 기운이 느껴진 방향을 향해 이동하기 시작했다.

밖으로 나와 보니 자신들뿐 아니라 시온에 있는 수많은 홍익인간이 사색이 된 얼굴로 기운이 느껴진 방향을 향해 정신없이 움직이고 있었다.

그 모습을 지켜보는 지구인들은 이게 지금 무슨 상황인지 갈피를 잡지 못하고 그들을 뒤따르고 있었다.

기운이 느껴진 방향으로 이동하니, 바깥으로부터 자신들을 든든하게 지켜 주던 거대한 성벽 한쪽이 흔적도 없이 사라진 상태였다.

그리고 그 중심에 흑치상이 뒷짐을 진 채로 서 있었고 그의 몸에서는 아지랑이가 넘실거리고 있었다.

그것을 보고 달려가던 홍익인간들은 눈에 힘을 주어 흑치상을 확인했다. 이내 경악한 얼굴로 더욱더 속도를 올리기 시작했다.

"마, 맙소사! 재, 재상님이시다! 달려!"

"헉! 지, 진짜잖아! 재, 재상님! 뛰, 뛰어!"

"늦으면 진짜 죽는다! 어, 어서 뛰어!"

자신들을 향해 기운을 발산한 자의 정체를 안 홍익인간족이 새하얗게 변한 얼굴로 다급하게 흑치상이 있는 곳으로 움직이기 시작했다.

다급한 움직임으로 흑치상 앞에 오와 열을 맞춰 착착 엎드린 사람들.

어느 정도 시간이 지나자 시온에 있던 홍익인간들이 전부 나왔는지 더는 안에서 나오는 사람이 보이지 않았다.

그러자 흑치상이 주변을 천천히 둘러보다가 입을 열었다.

"쯧쯧, 괘씸한 놈들 같으니라고."

단순한 말 한마디일 뿐이었음에도 바닥에 엎드린 사람들이 몸을 부르르 떨고 있었다.

그만큼 자신들의 눈앞에 있는 재상 흑치상의 위엄은 대단했다.

"그래, 네놈들 살겠다고 우리가 창조한 자식 같은 놈들의 땅을 빼앗아? 그것도 모자라서 그들을 노예처럼 부려 먹고 있는 게야? 우리 종족의 명예에 먹칠해도 유분수지."

흑치상의 호통에 다들 더욱더 고개를 조아리며 입을 열었다.

"자, 잘못했습니다!"

"에잉, 내 마음 같아서는 모조리 경을 치고 싶지만 일단 참는다."

"가, 감사합니다!"

"폐하의 명만 아니었다면 네놈들은 전부 죽은 목숨이었다. 알겠느냐?"

흑치상의 말에 다들 화들짝 놀라며 그래선 안 되는지 알면서도 고개를 번쩍 들었다.

"폐, 폐요?"

"귓구멍은 옳게 뚫려 있는 모양이구나. 제대로 듣는 것을 보니."

"폐하라니요? 그, 그럼……. 저, 저희의 와, 왕께서 세상에 나타나셨습니까?"

"그렇다. 저기 보이느냐? 저기 계신 저분이 바로 우리의 왕이시니라. 어서 가서 인사를 올리거라."

"네?"

흑치상의 말에도 다들 멍한 표정을 지을 뿐 움직이는 자들은 없었다.

그러자 분노한 흑치상이 자신의 기운을 개방해 그곳에 있
는 홍익인간들을 압박해 갔다.

"커헉!"

"끄으윽!"

흑치상이 분노한 목소리로 그곳에 있는 사람들에게 말했
다.

"이놈들이 감히 폐하 앞에서 그딴 행동을 하다니. 정녕 전
부 다 죽고 싶은 게로구나!"

"크허헉! 부, 부디 요, 용서를……."

"끄으윽!"

엄청난 기운에 다들 숨도 제대로 쉬지 못한 채 고통스러워
하며 바닥을 뒹굴었다.

이곳에 있는 모든 홍익인간이 전부 덤벼도 상대할 수 없는
자가 바로 흑치상이었다. 홍익인간족의 계급은 순수하게 그
사람의 능력에 따라 정해졌고 흑치상은 홍익인간 중에서도
최정점에 있는 계급 중 하나였다.

귀족 계급이어도 흑치상을 어찌할 수가 없는데 그 상대가
평민이라면 말 다 한 거다.

그렇게 고통스러워하고 있을 때, 한 줄기 희망의 목소리가
그들의 귓속을 파고들었다.

"그만."

영웅의 입에서 그만이라는 소리가 나오자마자 거짓말처럼 자신들을 압박하던 기운이 사라졌다.

고통이 사라진 후에 정신을 차리고 정면을 바라보니, 흑치상이 언제 그랬냐는 듯이 영웅의 옆에서 양손을 공손히 모은 채 기립해 있었다.

그 모습을 보고 사람들은 깨달았다.

영웅이 정말로 자신들의 왕이라는 사실을 말이다.

그제야 사람들이 하나둘 자리에서 일어나 최대한 공손한 자세로 부복을 하며 외치기 시작했다.

"여, 영원불멸! 홍익세계! 만백성이 왕을 배알하옵니다!"

수천에 달하는 홍익인간들이 일제히 부복하며 합창하듯이 외치고 있었다. 지켜보던 시온 속 지구인들은 놀라움을 금치 못했다.

"마, 맙소사! 처, 천인들의 왕이라니!"

"처, 천인들에게도 와, 왕이 있었어? 그럼 어찌 되는 거지? 신의 신인 건가?"

"아니지, 신들의 왕이지."

천인의 존재도 그들에게는 신이나 다름없었는데, 그 천인의 왕이 등장했다.

지구의 인간들은 경악하면서도 앞으로 자신들의 미래가 어찌 될지를 걱정하고 있었다.

한편, 영웅은 시큰둥한 표정을 지으며 가장 궁금했던 점을 물었다.

"이곳을 다시 예전처럼 원상 복구를 시킬 수 있는가?"

영웅의 질문에 부복하고 있던 홍익인간들이 몸을 부르르 떨었다.

무언가 알 수 없는 위압에 자신들도 모르게 몸을 떤 것이다.

그러한 위압은 영웅의 곁에 있던 흑치상도 확실하게 느꼈다.

'이럴 수가……. 천부인을 전부 모으지도 않았는데 이런 위압감을 지니고 계시다니……. 허허허, 과연 우리의 왕이시다!'

홍익인간 중에서도 손에 꼽히는 강함을 지닌 자신도 순간적으로 소름이 돋을 정도의 위압이었다.

흑치상은 그런 영웅의 위압감에 자신도 모르게 희열을 느끼고 몸을 부르르 떨었다.

그러는 한편 왕의 질문에 뭉그적거리는 사람들을 보며 분노를 토해 내는 흑치상이었다.

"이놈들이! 폐하께서 질문하고 계시질 않느냐!"

흑치상의 호통에 다들 고개를 조아렸고 가장 앞에 있던 홍익인간이 대표로 나서서 대답했다.

"폐, 폐하. 워, 원상태로 되돌리는 것은 저, 저희 힘으로는 무리이옵니다! 펴, 평민의 능력으로는 한계가 있사옵니다."

그의 대답에 영웅이 시온을 힐끔 곁눈질하고는 물었다.

"아, 그래서 시온을 만든 거냐? 너희의 능력으로 만들 수 있는 최대치가 저거라서?"

"그, 그러하옵니다."

그들의 대답에 영웅은 흑치상을 바라보며 물었다.

"너는? 가능해?"

"허허허, 신은 가능하옵니다. 신의 능력을 저런 잡것들과 비교하시면 아니 되옵니다, 폐하."

"그래? 그럼 부탁 좀 하자. 이곳을 예전의 지구로 돌릴 수 있겠어?"

"자연환경은 완벽하게 복원을 할 수 있지만 죽은 인간들은 되살릴 수 없사옵니다."

"왜? 그들도 너희가 창조한 생명체잖아."

"그들을 원상태로 되살리기 위해선 이곳에 있는 인간들의 소울 서버가 제대로 관리되고 있어야 합니다. 하나, 이곳의 상태를 보았을 때 전혀 관리가 되지 않고 있다는 것을 알 수 있사옵니다."

"소울 서버?"

"아! 흔히 인간들이 말하는 저승이라고 생각하시면 됩니다. 인간들과 지구의 모든 인간의 데이터를 저장하고 그들의 죄과에 따라 환생을 시켜 주는 시스템입니다."

"오호! 그런 시스템이 있어?"

"그러하옵니다. 차원을 생성하면 반드시 만들어야 하는

중요 시스템입니다."

"그런 중요 시스템을 왜 이렇게 방치했어?"

"방치가 아니옵고 차원마다 소울 서버가 존재하는 행성이 따로 있는데, 그것에 여기 차원에 존재하는 모든 생명체에 대한 데이터가 들어 있습니다. 상황을 보아하니 소울 서버도 문제가 있는 것으로 파악됩니다. 소울 서버는 인공지능이 탑재되어 있기에 특별한 일이 없는 한 자체적으로 모든 것을 처리합니다. 그 인공지능이 바로 사람들이 말하는 염라대왕이지요. 아마도 한 번에 많은 사람이 죽어서 과부하가 걸린 것으로 생각하옵니다."

흑치상은 그리 말하며 부복하고 있는 홍익인간들을 째려보았다.

다들 그 눈빛에 자신들도 모르게 몸을 부르르 떨었다.

"과부하라⋯⋯."

"그렇습니다. 그러지 않고서야 이렇게 황폐화가 계속 지속될 리가 없사옵니다."

"한마디로 저기 엎드려 있는 놈들이 아주 큰 사고를 친 거네?"

"그러하옵니다."

"그럼 여기를 원래대로 복구시키려면 그 행성을 찾으면 되는 거네? 그 행성이 어디에 있는데?"

"그, 그건 이곳 차원의 관리인만이 알고 있습니다."

"이곳의 차원 관리인은 어디에 있는데?"

"아마도……. 무라트족을 피해 피신했을 것이옵니다."

"허……. 그럼 모든 차원에 있는 그 소울 서버가 순전히 인공지능으로만 관리가 되고 있다는 소리야?"

"아닙니다. 그곳에도 저희 종족이 머무르고 있습니다. 다만, 모든 것이 베일에 가려졌기에 알 수가 없을 뿐입니다. 그저 그곳의 위치를 철저히 숨기기 위해 차원 관리인들에게만 위치를 알려 주었을 뿐입니다. 그마저도 다섯 명의 차원 관리인이 가진 좌표를 모아야 찾을 수 있습니다."

"그럼 이곳에 있던 인간들까지 완벽하게 복구를 시키려면 그 소울 서버를 찾아야 한다는 거야?"

"그렇사옵니다. 이곳에 존재하던 인간들의 데이터가 모두 그곳에 있기 때문입니다."

"그럼 그곳을 찾기만 하면 다 해결되는 건가?"

"그러하옵니다. 저놈들이 오기 전의 시간대로 되돌리면 되옵니다."

흑치상의 말이 끝남과 동시에 영웅이 하늘을 바라보며 무언가를 고심하기 시작했다.

흑치상은 그 옆에서 조용히 영웅의 생각이 끝나기만을 기다렸다.

그렇게 한참을 하늘을 바라보며 고심하던 영웅이 갑자기 손뼉을 치며 말했다.

"찾았다!"

환하게 웃으며 말하는 영웅의 모습에 흑치상이 고개를 갸웃거리며 물었다.

"폐하, 무엇을 찾으셨는지요."

"소울 서버."

"네?"

"찾았다고."

"네?"

"찾았다는 말이 이해가 안 돼?"

"그, 그게⋯⋯. 어, 어찌 찾으셨습니까?"

"아, 내가 최근에 깨달음을 얻은 적이 있는데 모든 만물의 기운이 느껴지더라고. 그런데 아무리 생각해도 그 기운이 그 생명체의 근원이 되는 기운 같단 말이지. 그래서 싹 다 살펴봤어. 그런 기운이 넘쳐 나는 행성을 찾아서."

"그, 그게 가능합니까? 그, 그런 건 창조의 종족이라는 저희도 불가능한 영역입니다! 그곳은 포스 차단기가 완벽하게 설치되어 있는⋯⋯."

놀라 묻는 흑치상의 물음에 영웅은 그저 미소를 지을 뿐이었다.

그 미소를 본 흑치상은 영웅이 정말로 소울 서버가 있는 행성을 찾았음을 깨달았다.

그리고 이내 울먹거리더니 눈물을 폭포수처럼 쏟아 내며

부복했다.

"역시! 저희의 왕이시옵니다! 폐하!"

흑치상은 자신들의 왕의 뛰어남에 격하게 감동했다.

천부인을 전부 찾지 않았음에도 이런 능력이라니.

그저 기쁘고 또 기쁜 흑치상이었다.

그렇게 기쁨을 만끽하고 있을 때였다.

흐느끼던 흑치상이 갑자기 울음을 멈추고 고개를 들어 하늘을 바라보았다. 그의 표정은 점차 심각하게 변해 갔다.

그것은 흑치상뿐이 아니었다.

그곳에 있는 모든 홍익인간이 일제히 고개를 들어 하늘을 바라보고 있었다.

그들의 표정에서 보이는 감정은 하나였다.

두려움.

그곳에 있는 모든 이들이 두려움에 빠진 채 하늘을 바라보고 있었다.

흑치상은 심각한 얼굴로 영웅을 바라보며 말했다.

"폐, 폐하. 아무래도 신이 폐하를 모시는 것은 여기까지인 것 같사옵니다."

"응? 그게 무슨 말이야? 저 위에서 빠른 속도로 내려오고 있는 놈들 때문이야?"

"허허, 저 힘을 느끼시고도 그렇게 태연하시다니. 역시 저희의 왕이시옵니다. 앞으로도 쭉 그렇게 대범하셔야 하옵니다, 폐하."

"뭔 소리야?"

"소신이 저들을 막을 것이옵니다. 비록 소신의 힘으로는 저들을 완벽하게 막지는 못하나 폐하께서 피하실 시간은 충분히 벌 수 있사옵니다. 그사이에 폐하께서는 제가 열어 드린 차원의 문을 통해 피신하시옵소서. 차원의 문을 통과하셔서 그곳에 있는 백호 가문을 찾으시옵소서. 그리고 그들에게서 청동검을 얻으시옵소서."

"싫은데? 너희 두고 나 혼자 도망가라는 거잖아. 그렇지? 자신의 백성을 두고 도망가는 왕은 없다. 적어도 내 사전엔."

"폐, 폐하……."

"나한테 그랬잖아. 이곳에 있는 홍익인간들 전부가 나의 백성들이라고. 나는 절대로 저들을 버리고 가지 않아!"

영웅의 확고한 음성이 그곳에 있는 모든 홍익인간의 귀에 들어갔고, 그들의 표정이 두려움에서 점차 희열의 표정으로 바뀌었다.

사람들은 저마다 영웅을 바라보며 눈물을 흘리기 시작했고 이내 영웅을 지키겠다며 굳게 다짐했다.

그리고 하나같이 비장한 얼굴로 벌떡 일어나 외치기 시작했다.

"폐하를 지켜라!"

"우리의 왕을 지키자!"

"와아아!"

그곳에 있는 모든 홍익인간이 목숨을 걸 각오를 하고 영웅의 주변을 에워싸기 시작했다.

"우리의 왕을 지키자!"

"목숨을 걸어라! 적들에게서 왕을 지켜야 한다!"

다들 자신의 기운을 극한까지 끌어올리며 방어진을 형성하기 시작했다. 그 가운데에 있는 영웅은 어리둥절한 표정으로 물었다.

"지금 뭐 하는 거지?"

영웅의 물음에 흑치상이 감격한 표정으로 답했다.

"허허, 아주 쓸모없는 놈들은 아니었습니다. 모두가 하나가 되어 폐하를 지키겠다고 나서는 것입니다. 자, 폐하! 그러니 어서 제가 열어 드린 차원의 문으로 피하십시오!"

흑치상의 간곡한 부탁에도 영웅은 움직이지 않았다.

"저들이 무라트족인가?"

하늘 위에서 빠른 속도로 하강하고 있는 우주선들을 바라보며 영웅이 묻자 흑치상이 고개를 끄덕였다.

"맞습니다! 아직 폐하께선 온전한 힘을 찾은 것이 아니어서 피하시옵소서! 소신 흑치상, 이렇게 간곡하게 간청드리옵니다!"

"아니야, 피하지 않겠어."

영웅이 끝끝내 고집을 피우자 흑치상은 한숨을 쉬며 말

했다.

"하아, 결국 소신으로 하여금 불충을 저지르게 만드시는 군요. 용서하시옵소서, 폐하!"

흑치상은 영웅을 강제로 차원의 문으로 밀어 넣으려 했다. 그런데 자신이 아무리 힘을 주어도 영웅이 꿈쩍도 하지 않는 것이 아닌가.

'이, 이럴 수가? 아, 아직은 나의 힘을 능가하지 못하실 텐데?'

완전하게 각성을 한 것이 아니었기에 본래대로라면 자신의 힘도 감당하지 못하고 밀려 나야 정상이었다.

하지만 영웅은 거대한 고목처럼 꿈쩍도 하지 않았다.

그런 흑치상을 보며 영웅이 미소를 지으며 말했다.

"전에 엘란족이 나의 초인력을 측정해 주었지."

"폐하?"

"그때 내 초인력이 5천만이라고 하더군. 그에 비해 저기에 타고 있는 무라트족은 기본이 1억 초인력이라지?"

"그, 그렇습니다. 그러니 어서 피하셔야 합니다."

"아니야, 지금 저들의 기운을 느끼며 생각한 건데……. 약해."

"네?"

"이상하지? 그러니까 나는 확인해야겠어."

"폐, 폐하!"

흑치상이 미처 말리기도 전에 영웅이 우주선들을 향해 손을 휘저었고 손이 지나갈 때마다 우주선들이 폭발하며 터져나갔다.

퍼퍼펑-!

우주선이 파괴되었지만, 사람들은 환호하기는커녕 더욱더 긴장한 표정으로 하늘을 바라보기 시작했다.

무라트족은 저런 폭발로 상처를 입거나 하는 종족이 아니었기 때문이었다.

그걸 증명이라도 하듯이 폭발하는 우주선에서 수많은 검은 인영이 하늘 위로 솟구치고 있었다.

그 인영들은 이내 영웅과 홍익인간들이 있는 곳으로 날아왔고, 이내 에워싸듯이 원을 형성하며 그곳에 있는 홍익인간들을 압박했다.

드디어 베일에 가려졌던 무라트족의 실체를 두 눈으로 확인하는 영웅이었다.

인간과 다를 바 없는 모습이었지만, 체형 자체가 전투에 적합한 형태였다.

거기에 덩치도 일반적인 인간들보다 훨씬 크고 거대했다.

그들은 푸른빛이 감도는 우주복 같은 것을 착용하고 있었는데, 가운데 있는 한 놈만 붉은빛이 감도는 우주복을 입고 있었다.

붉은색을 입은 무라트족이 선두로 천천히 나오더니 주변

을 훑어보며 말했다.

"크크큭! 이거 예상외인데? 우리를 보자마자 쥐 새끼들처럼 사방으로 도망갈 줄 알았는데. 당당하게 맞서다니, 재밌어."

그 말에 홍익인간들이 다들 침을 삼키며 긴장한 얼굴로 그들을 바라보았다.

흑치상 역시 이를 악물고는 어찌해야 영웅을 지킬 수 있을지를 고민하고 있었다.

그때, 영웅이 앞으로 나서며 말했다.

"네가 대장이냐?"

영웅의 말에 붉은 옷을 입은 무라트족이 고개를 갸웃거리며 말했다.

"응? 뭐지? 홍익인간 놈은 아닌데?"

그리 말하고는 아무렇지도 않게 검지를 펼쳤고 검지에서 붉은 광선이 쏘아졌다.

쯔앙-!

"벌레 새끼가 끼어들고 있어, 재수 없게."

무라트족은 영웅의 질문에 대답할 생각도 하지 않은 채 곧바로 그를 죽이려고 했다.

퍼퍽-!

"별거 없는데?"

무라트족이 쏘아 보낸 광선을 피하지도 않고 정면으로 맞은 영웅의 입에서 나온 소리였다.

그의 목소리엔 실망감이 가득했다.

"이게 최선이야? 그 정도 힘으론 벌레도 못 잡겠다."

영웅이 이죽거리며 붉은 옷의 무라트족에게 말했다.

"크큭, 그걸 버텨? 제법 하는 벌레였구나? 좋아, 이것도 버티나 보자."

쯔앙-!

이번엔 아까보다 더 굵고 더 강한 광선을 영웅에게 날리는 무라트족이었다.

퍼퍽-!

"약해. 이게 최선이냐고."

역시나 아무렇지 않은 표정으로 광선을 맞은 가슴팍을 툭툭 털어 내는 영웅이었다.

그제야 붉은 옷의 무라트족이 인상을 구기기 시작했다.

"오우, 가뜩이나 괴물 같은 얼굴인데 인상까지 구기니까 더 괴물 같네. 우웩!"

"네놈은 영원히 살려 두고 내가 아주 친히 괴롭혀 주지. 너희는 저 홍익인간 놈들이 도망가지 못하게 모조리 잡아라. 나는 여기 벌레랑 즐거운 시간을 좀 가질 테니."

"예! 베스파 님!"

역시 저들의 대장이 맞았다.

베스파는 저들에게 명령을 내리고는 영웅을 바라보며 혀

를 날름거렸다.

허공에 있던 무라트족들이 일제히 홍익인간들이 모여 있는 곳을 향해 날아가기 시작했다.

홍익인간들은 그런 그들을 바라보며 잔뜩 긴장한 표정으로 그들과 맞설 준비를 했다.

무라트족과 홍익인간족이 서로 충돌하기 직전이었다.

순간 무라트족이 움직임을 멈추고 허공에 둥둥 떠 있기 시작했다.

그 모습에 그들의 대장인 베스파도 고개를 갸웃거리며 말했다.

"뭣들 하는 거야? 어서 잡지 않고!"

그런데 반응들이 없었다.

자세히 보니 부하들이 인상을 찡그린 채 땀을 뻘뻘 흘리고 있었다.

어떤 힘에 의해 움직이지 못하고 있다는 뜻이다.

그것을 본 베스파가 영웅이 있는 곳으로 고개를 돌리고는 물었다.

"너구나!"

"정답. 너희……. 생각보다 약한데? 정말로 우주 최강의 종족이라는 무라트족이 맞긴 한 거야? 가짜 아냐?"

영웅의 말에 베스파가 잠시 멍한 표정을 짓더니 이내 즐거운 듯이 웃으며 말했다.

"크큭! 무슨 수를 썼는지는 모르겠지만 재미난 놈이구나. 좋다, 알려 주지. 너의 그 잡스러운 기술이 얼마나 쓸모없는 것인지 말이다. 우주 최강 종족의 힘을 보여 주마."

쿠와와와와─!

말이 끝남과 동시에 대장의 몸에서 엄청난 기운이 휘몰아치기 시작했고 땅은 점점 진동했다.

몸에서 나오는 엄청난 기운이 이 거대한 행성까지 영향을 끼치고 있는 것이었다.

베스파는 기운을 개방하고는 여유로운 표정을 지으며 한마디를 더 했다.

"크큭, 어떠냐? 이제야 깨달았느냐? 진정한 강함이 무엇인지? 내가 재밌는 사실을 하나 더 알려 줄까? 우리 종족에는 나 같은 건 한 방에 죽일 수 있는 괴물들이 수두룩하다. 나는 강한 편에 속하지도 않는다는 뜻이지. 우리는 추적조일 뿐, 진짜는 전투를 전문적으로 하는 특전단이다."

"특전단? 그들은 강한가?"

"크크큭! 궁금한가? 그럼 일단 나부터 이겨 보아라."

"그럴까?"

베스파라 불린 무라트족은 영웅의 여유로운 모습에 피식 웃었다.

허세라고 생각했기 때문이었다.

"크큭, 너처럼 허세를 부리는 종족이 꽤 있었지. 그들이 어찌 되었을까?"

베스파의 말이 끝남과 동시에 영웅이 베스파의 앞으로 순간 이동을 해서 나타나며 대답했다.

"어찌 되었는데? 응?"

퍼억-!

"커헉!"

순식간에 앞으로 다가와 날린 영웅의 주먹을 맞은 베스파의 몸이 허공으로 붕 떠올랐다.

상상 이상의 충격에 비명이 절로 튀어나왔다.

베스파의 얼굴을 향해 영웅의 엘보우가 날아갔고, 베스파는 허공에 뜬 채로 영웅의 엘보우를 아무런 방비도 못 한 채 그대로 얻어맞았다.

쩌억-!

돌이 깨지는 소리와 함께 베스파는 빙그르르 돌면서 바닥으로 떨어졌다.

쿠당탕탕-!

벌떡-!

"크흑!"

베스파는 바닥에 잠시 나뒹굴다가 재빨리 자세를 바로잡고 일어서서 인상을 찡그리며 영웅을 노려보았다.

베스파는 입술에 흐르는 자신의 피를 닦으며 말했다.

"너…… 강하구나?"

베스파의 말에 영웅이 고개를 끄덕였다.

"너도 강하네. 지금까지 내 일격을 맞고 그렇게 멀쩡하게 서 있는 놈은 처음 봤어. 나름 힘을 썼는데 말이지."

"크큭! 허세는 여전하구나. 전력을 다해 놓고 그런 소릴 하다니. 하지만! 나는 전력이 아니었다!"

쿠아아아아~!

무라트족의 베스파의 몸에서 아까보다 더욱더 거센 기의 회오리가 용솟음쳤다.

"종족 진화 2단!"

베스파의 몸에 비늘들이 돋아나더니 이내 은빛으로 변해가며 은빛 갑옷을 입은 무사처럼 변해 가기 시작했다.

태양 빛을 받으며 반짝이는 비늘과 함께 미소를 지으며 영웅을 바라보며 말했다.

"이게 진짜 나의 모습이다! 크크크! 자, 이제 아까 받은 것을 돌려줘야겠지?"

슈팍~!

베스파는 아까 영웅이 했던 것처럼 영웅의 앞으로 순식간에 이동하여 복부를 향해 주먹을 날렸다.

퍼억~!

주먹이 영웅의 복부에 정확하게 꽂히는 느낌이 들었고, 이제 자신의 주먹을 맞고 공중으로 떠오른 놈의 얼굴을 향해 팔꿈치 공격을 할 참이었다.

그런데 허공에 있어야 할 놈이 자신의 주먹을 맞고도 여전히 서 있었다.

　베스파의 눈이 살짝 흔들렸다. 주먹이 영웅의 복부에 꽂힌 그 순간 베스파는 무언가 잘못되어 가고 있음을 느꼈다.

　"나도 아까 말했는데? 전력이 아니라고."

　영웅이 씩 웃으며 베스파의 팔을 잡았다. 재빨리 잡힌 팔을 빼내려 했지만, 꿈쩍도 하지 않았다.

　믿을 수 없는 표정으로 영웅을 바라보며 물었다.

　"너, 너는 누구냐?"

　"그건……. 일단 맞고 얘기하자."

　"으득! 내가 그렇게 순순히 맞아 줄 것 같으냐! 내 몸을 감싸고 있는 이……."

　퍼억-!

　"커헉!"

　베스파의 말이 다 끝나기도 전에 영웅의 주먹이 베스파의 은빛 비늘을 깨부수며 복부에 꽂혔다.

　"새끼 참 말 많네, 진짜."

　퍼퍽- 퍼퍼퍽-!

　"끄어억!"

　쩌적- 빠각-!

　"끄아아아!"

　별다른 기술 같은 것은 없었다.

그저 주먹을 날리고 발 차기를 하는 게 전부였다.

하지만 베스파는 그 어떤 것도 피하지 못하고 정신없이 맞고 있었다.

그의 몸을 감싸고 있던 은빛 비늘은 어느새 너덜너덜해졌고, 얼굴은 처음의 형태를 알 수 없을 만큼 부어올라 있었다.

흐릿해지는 기억 속에서 그는 자신이 지금 꿈을 꾸고 있다고 생각했다.

이 꿈이 깨면 홍익인간 놈들을 잡으러 이동하는 우주선 안일 것이라 생각하며 눈을 감았다.

털썩-!

한참 동안 영웅에게 얻어터지던 베스파가 처참한 몰골로 천천히 무너지더니 이내 바닥으로 꼬꾸라졌다.

기절한 것이다.

"뭐야? 우주 최강의 종족이라며? 뭐 이리 약하지? 이상하네? 앨런족이 분명 내 초인력으로는 일개 병사도 상대 못 한다고 했었는데."

영웅은 고개를 갸웃거렸다.

분명 자신이 들은 전투력 측정값은 형편없는 수준이었다.

더욱이 그때 측정된 초인력은 영웅이 듣기로는 자신이 움직이지 못하게 홀드를 걸어 놓은 저기 일개 병사들에게도 뒤떨어지는 초인력이었다.

그게 사실이라면 저기서 경악한 표정으로 이곳을 바라보

고 있는 저놈들이 자신의 속박을 가뿐하게 풀고 지금 이곳을 전부 초토화했어야 맞는 것이었다.

"뭐지? 나 수련해서 강해진 건가? 아닌데, 별로 강해진 걸 모르겠는데. 아씨, 뭐지?"

영웅은 혼란스러웠다.

자신이 강해진 것인지, 아니면 무라트족이 너무 과평가된 종족인지 말이다.

물론 하강하는 무라트족을 보며 이상함을 느껴 확인하려 했던 것이지만, 막상 일이 이렇게 되자 당황한 것이다.

한편, 영웅이 베스파를 너무도 쉽게 제압하자 그것을 지켜본 흑치상은 눈이 튀어나오기 일보 직전이었다.

어느 정도 강하기는 하겠지만 각성하지 않은 왕이었기에, 한참 부족하다고 생각했었다.

심지어 자신보다 약하다고 생각하고 강제로 다른 차원으로 보내려고도 하지 않았었던가.

흑치상은 바닥에서 꿈틀거리며 정신을 잃은 베스파를 바라보았다.

아까 종족 진화를 할 때 느꼈던 그의 힘은 자신이 아무리 발버둥을 친다 해도 이길 수 없을 정도로 강력한 힘이었다.

무라트족의 특징 중 하나가 종족 진화라는 기술도 있었지만, 타격 흡수라는 특수한 능력도 있었다.

자신이 맞은 타격을 신체 에너지로 바꾸는 능력이었다.

무라트족마다 그 신체 에너지가 전부 달랐다.

어떤 이는 신체가 강화되고 어떤 이는 기가 강해진다.

전부 강해지는 부분이 제각각이었지만 한 가지는 같았다.

강해진다는 것.

그런데 영웅의 공격은 그런 무라트족의 능력이 받아 낼 수 있는 한계치를 아득히 넘기고 있었다.

3장

흑치상의 초인력은 대략 1억 중반 정도 되는 수준. 홍익인
간족 중에서 세 손가락에 드는 강력한 힘이었다.

하지만 베스파는 그런 자신을 훨씬 능가하는 강력한 힘을
갖고 있었다.

무라트족의 무서움은 바로 종족 진화라는 특수한 능력에
있었다. 자신이 가진 힘이 진화할 때마다 배로 강해지는 사
기적인 기술이었다.

홍익인간족은 그 종족 진화를 자신들에게 맞춰서 기술을
만들었는데, 그것이 바로 진각성초인권이었다.

비록 종족 진화에 비해 떨어졌지만 진각성초인권은 무라
트족의 종족 진화보다 2단계가 더 많은 7단공까지 있기에,

극성까지 익히기만 한다면 무라트족과 충분히 맞서 싸울 수 있는 힘이었다.

문제는 7단공은 고사하고 5단공을 넘긴 이가 없다는 것이었다.

무공을 보완하기 위해 강인한 체력을 가진 인간들에게 이 무공을 가르쳐서 실험도 해 보는 등 많은 노력을 했지만, 5단공이 그들에게 한계였다.

5단공 이상부터는 초월적인 존재인 홍익인간들의 신체가 버티지 못하고 폭사해 버렸다.

흑치상 본인 역시 진각성초인권을 익히고 있었고 4단공까지 성공한 상태였다.

그래도 무라트족을 상대하기엔 부족한 부분이 많았다.

일단 전투에 특화된 종족이 아니었기에 같은 힘을 가졌다 하더라도 무라트족의 우월한 전투 신체에 밀렸다.

흑치상이 베스파를 막겠다고 나설 수 있었던 건 4단공을 펼치면 베스파를 상대로 대등한 전투가 가능했기 때문이었다.

4단공은 신체에 많은 부담을 주어서 오랜 시간 동안 펼치지 못하기에 긴 시간을 끌지는 못한다. 그래도 영웅을 피신시킬 시간은 벌 수 있을 것이라 생각했다.

흑치상이 이렇게 죽음을 각오하고 싸우겠다고 마음을 먹을 정도로 베스파는 강했다.

그런데 그런 베스파를 영웅이 별 힘도 들이지 않은 것처럼 제압해 버린 것이다.

눈이 튀어나올 정도로 놀란 표정으로 자신을 바라보는 흑치상에게 영웅이 물었다.

"얘네가 정말 무라트족인지 뭔지 맞아?"

영웅의 질문에 흑치상이 떨어지는 침을 재빨리 닦으며 대답했다.

"그, 그러하옵니다!"

"너무 약한데?"

"그, 그게……. 폐하께서 너, 너무 강하신 것이옵니다."

"아닌데……. 분명 내 초인력은 5천만 정도라고 했는데."

"그, 그럴 리가 없습니다. 저기 누워 있는 자에게 분명 초인력 측정기가 있을 것이옵니다. 그것으로 확인을 해 보시옵소서."

"아, 그래? 그럼 깨워야겠네?"

흑치상의 말에 영웅이 입술을 핥으며 의미심장한 미소를 지었다.

"조금 거칠 거야. 그래도 정신은 번쩍 드니까 그걸로 만족하라고."

기절한 베스파를 바라보며 중얼거리며 손바닥으로 베스파의 머리를 만졌다.

그러자 베스파의 눈이 번쩍 떠지며 벌떡 일어나는 것이 아닌가.

흑치상은 화들짝 놀라며 경계 태세를 갖췄다.

그런데 베스파의 상태가 이상했다.

눈이 찢어질 정도로 커진 상태에서 차렷 자세로 몸이 굳은 것처럼 마구 부들부들 떠는 것이 아닌가.

마치 감전이 된 생선같이 마구 떨고 있었다.

그 모습에 영웅이 손뼉을 치며 말했다.

"아! 나도 모르게 홀드까지 넣었구나. 하도 지랄을 떨면서 나뒹구는 애들이 많아서 말이지. 그래도 우주 최강의 종족이니 얌전하겠지?"

그리 말하며 베스파에 걸린 홀드를 풀어 주는 영웅이었다.

홀드가 풀리자마자 베스파가 바닥으로 쓰러지더니 데굴데굴 구르면서 고통스러워하기 시작했다.

어찌나 고통스러운지 이를 악문 채 신음조차 내지 못하고 있었다.

베스파의 온몸에서 시퍼런 힘줄들이 피부를 뚫고 나올 기세로 솟아올라 있었고 눈은 실핏줄들이 모조리 터졌는지 새빨갛게 변해 있었다.

이를 어찌나 세게 악다물었는지 이가 부서지는 소리까지 들리고 있었다.

그런 상태로 땅바닥에서 이리저리 뒹굴며 괴로워하고 있었다.

흑치상은 그런 베스파를 보며 섬뜩한 느낌을 받았고 자신도 모르게 영웅의 뒤로 물러가 공손한 자세로 서 있었다.

"뭐야? 왜 이렇게 팔딱거려. 실망인데? 우주 최강의 종족이 뭐 이래?"

영웅은 이리저리 구르면서 괴로워하는 베스파를 보며 중얼거렸고 그 모습은 그곳에 있는 모든 이들에게 공포를 각인시켰다.

특히, 흑치상은 식은땀까지 흘리며 속으로 생각했다.

'이, 이번 왕께서는 자, 잔인하고 악독하시구나. 포, 폭군이시면 곤란한데…….'

잠시나마 차라리 무라트족을 피해 다니는 것이 더 행복한 삶이 아니었을까 느낀 흑치상이었다.

흑치상의 이런 생각은 그곳에 있는 모든 홍익인간족이 공통적으로 하는 생각이었다.

한편, 자신들의 대장인 베스파의 모습에 충격을 받은 무라트족의 병사들은 태어나서 처음으로 공포라는 것을 느끼고 있었다.

언제나 다른 이들에게 공포의 존재로만 자리했지, 자신들이 역으로 그런 위치가 될 거라곤 단 한 번도 생각하지 않았던 그들이었다.

'이, 이게 공포라는 건가?'

병사들은 처음으로 생소하고 이질적이면서 떨리는 낯선

느낌을 받으며 자신들도 모르게 덜덜 떨고 있었다.

그런 이들에게 영웅이 눈길을 돌리며 씩 웃는 것이 아닌가.

순간, 병사들은 섬뜩한 느낌과 함께 자신들도 모르게 눈을 피했다. 왠지 저 눈길을 정면으로 마주하면 안 될 것 같은 기분이 들었다.

제발 아무 일 없이 영웅의 눈길이 어서 자신들의 대장으로 되돌아가길 바랐다.

하지만 그것은 병사들의 헛된 소망이었다.

"이런, 이런. 대장이 이렇게 고통스러워하는데 부하들이 편히 구경하는 꼴이라니……. 안 되지. 안 되고말고. 너희도 그렇게 생각하지?"

영웅의 말에 병사들은 홀드 된 몸을 어떻게라도 움직여서 고개를 저으려고 했다.

하지만 꿈쩍도 하지 않았다.

"그래, 너희도 그렇게 생각할 줄 알았어."

다들 속으로 아니라고 애타게 외치고 있었지만 애석하게도 그 마음은 영웅에게 닿지 않았다.

이내 그들은 왜 대장이 저렇게 고통스러워하는지 아주 절실하게 깨닫게 되었다.

"흡!"

"컥!"

"윽!"

생전 처음 느껴 보는 지독한 고통이 그들을 덮쳤고 너무도 고통스러워 대장처럼 데굴데굴 구르고 싶었지만, 영웅의 홀드가 그것을 허락하지 않았다.

영웅은 그들의 홀드를 풀어 줄 생각이 없는지 이내 고개를 돌려 베스파를 바라보았다.

홍익인간들은 절망에 빠진 채 고통스러워하는 무라트족을, 난생처음 불쌍하게 바라보았다.

세상 공손한 자세로 무릎을 꿇고 있는 무리가 있었다.

바로 홍익인간족을 잡으러 온 무라트족의 추적단이었다.

우주 최강의 종족이라고 생각할 수 없을 정도로 다소곳하고 얌전하게 앉아 있는 그들을 보며 흑치상은 자신도 모르게 눈을 비볐다.

지금 자신이 꿈을 꾸는 것이 아닌가 싶을 정도로, 눈앞의 광경은 말도 안 되었기 때문이다.

무라트족이 어떤 종족인가.

죽으면 죽었지, 절대로 다른 종족에게는 굴복하지 않는 독종 같은 종족이다.

저들의 일상 자체가 고통의 연속이기에 어지간한 고통은 그들에게 아무런 감흥조차 주지 못했다.

그런 그들을 고통으로 굴복시켜 얌전하게 만들어 버린 영웅이었다.

"이름."

"네! 베스파입니다!"

"소속."

"네! 무라트 추적 제7단 소속 8조 조장입니다!"

영웅의 질문에 재깍재깍 우렁찬 목소리로 대답을 하는 베스파였다.

무려 이틀 동안 지옥 같은 고통을 경험하고 완전히 새사람으로 바뀐 것이다. 물론, 정화의 기운이 이들의 악한 기운을 정화한 것도 한몫했다.

"초인력 측정기 가지고 있지?"

"그, 그렇습니다!"

"나 측정해 봐."

"네!"

영웅의 말이 끝나기가 무섭게 품속에서 고글같이 생긴 것을 꺼내 뒤집어썼다.

그리고 영웅을 바라보더니 이내 경악과 떨림이 동시에 담긴 목소리로 초인력을 말했다.

"헉! 이, 이럴 수가. 마, 말도 안 되는……. 초, 초인력이……. 2, 2백억?"

"응? 2백억? 전에 앨란족인 나 5천만이라고 했는데."

말도 안 된다.

5천만 초인력이었다면 자신이 종족 진화를 할 필요도 없었다.

저기 있는 병사 중 가장 약한 놈의 초인력이 9천만이 넘는다. 그 병사가 손가락만 튕겨도 죽일 수 있는 초인력이다.

그런데 병사는 고사하고 자신이 일방적으로 처맞았다.

"이, 이건 최신형 측정기입니다."

"그래? 그럼 너희 종족과 비교해서 나의 강함은 어느 정도지?"

물어보나 마나였다.

"대족장님이 종족 진화 3단계를 하셔도…… 안 됩니다."

"그래? 그럼 진각성초인권을 괜히 익혔네."

영웅의 말에 놀란 것은 옆에 있던 흑치상이었다.

"네에? 아, 아니 어, 언제 그것을 배우셨습니까?"

"어, 저기 멀뚱거리는 눈으로 여기 바라보는 저놈한테."

영웅이 가리키는 곳을 바라보니 눈만 껌벅거리며 멍한 표정으로 앉아 있는 블레스가 보였다.

"저 인간한테요?"

"어, 나한테 그 기술을 쓰더라고. 그래서 내가 익혔지."

"그게 무, 무슨 말씀입니까? 기술을 썼는데 익혔다니요."

"난 한 번 본 건 어지간하면 바로 내 거로 만들 수 있어."

"네에? 그, 그게 가능한 겁니까? 차, 창조의 종족이라는 저희도 불가능한 일입니다!"

"응, 나는 가능해."

흑치상은 이런 엄청난 일을 태연하게 말하는 영웅을 보며
침을 꿀꺽 삼켰다.

방금 보지 않았는가.

자신들의 새로운 왕은 굳이 천부인을 모으지 않아도 말도
안 되게 강했다.

아니, 과거 천부인을 모아서 각성을 했던 왕들보다 훨씬
강했다.

더해 말도 안 되는 능력과 신체에, 착한 건지 악한 건지 알
수 없는 심성도 가지고 있었다.

가뜩이나 말도 안 되게 강한데 진각성초인권이라는 기술
까지 습득했으니, 우주 전체를 다 뒤져도 영웅을 이길 수 있
는 종족이나 기술은 없을 것이다.

그야말로 우주 역사상 그 유례가 없던 초강자의 등장이었
다.

'만약 폐하께서 천부인까지 전부 모으신다면…….'

흑치상은 자신도 모르게 침을 꿀꺽 삼켰다.

한편, 영웅의 초인력을 알게 된 베스파는 심장이 떨어질
정도로 놀란 상태였다.

그저 연약한 인간이라고 생각했는데, 초인력이 말도 안 되
는 수준이었다.

무라트족을 전부 뒤져 보아도 저런 초인력을 가진 자는 없었다.

'이자와 상대를 하려면 부족의 칠성좌와 대족장님의 힘을 합해야 가능할 것이다. 아니…… 가능할까?'

베스파도 진각성초인권을 알고 있었다.

저 엄청난 강함에 진각성초인권이 더해진다면…….

베스파는 자신도 모르게 침을 꿀꺽 삼켰다.

그나마 희망이라면 익힌 지 얼마 되지 않아 보인다는 것.

그러니 높은 단계까지는 올라가지 않았을 것이고 그것은 그나마 자신의 종족에 희망이 있다는 뜻이었다.

하지만 그런 베스파의 희망이 산산이 조각나는 말이 영웅의 입에서 튀어나왔다.

"근데 7단공이 끝이야? 그 뒤에 더 있던데? 9단공까지 가능할 것 같은데."

영웅의 말에 흑치상이 화들짝 놀라며 되물었다.

"네? 그, 그게 무슨 말씀이십니까? 설마 진각성초인권을 전부 익히셨다고요? 하, 한 번 보고서요?"

"응, 다른 행성 가서 테스트해 보고 왔어. 여기서 하면 지구가 박살 날까 봐. 뭐, 이젠 박살이 나도 상관없겠네. 너희가 다시 복원시킬 거니까, 그렇지?"

"그, 그렇기는 하지만……. 9단공이라니요……?"

"나중에 보여 줄게."

보여 준다고 말하면서 베스파를 바라보는 영웅이었다.

왜 자신을 바라본단 말인가.

"저놈들 행성 가서 말이지."

베스파는 왜 영웅이 자신을 바라보았는지 그제야 알았다.

"그럼 저놈들보다 더 강하다는 것을 알았으니 역으로 저놈들 사냥을 다녀야겠군."

여전히 베스파를 보며 즐거운 듯이 미소를 지으며 말하는 영웅이었다.

'저, 저자는 아, 악(惡)이다……. 저, 저 미친 홍익인간족 놈들이 우주 깊숙한 곳에 있는 진정한 악을 깨운 거야…….'

종족의 미래가 훤히 그려지고 있었다.

언제나 다른 종족을 쫓거나 괴롭히기만 했던 무라트족은 이제 역으로 영웅이라는 거대한 괴물에게 당할 처지가 됐다.

문제는 그것을 알고 있는 자가 무라트족에서 자신과 부하들뿐이라는 것이었다.

베스파는 어떻게든 이곳을 빠져나가 이 사실을 자신의 종족에게 알려야겠다고 생각했다.

'방법이 없을까? 제발! 방법을 생각하자.'

하지만 저 괴물을 피해 달아날 방법이 떠오르지 않았다.

그러다가 번뜩 괜찮은 아이디어가 떠올랐다.

'그래! 저놈에게 환심을 사자. 최대한 붙어 다니며 환심을 사고 저놈이 나를 신뢰하면 그때……. 그때 기회를 봐서 알

리는 거야. 그래! 자존심이 상하지만 주인으로 모시겠다고
말하자. 이왕 굽히고 들어갈 거면 확실하게 굽혀야겠지.'

자신이 생각해도 괜찮은 방법 같았다.

최강의 종족인 자신이 굽히고 들어가는데 그것을 반기지
않을 종족은 없으리라 판단을 했다.

그냥 굽히는 것도 아니고 주인으로 모시겠다는 파격적인
조건이었다.

하지만 그러한 베스파의 생각은 영웅이 이미 눈치채고 있
었다.

보통 이런 자들이 하는 행동은 얼추 정해져 있었고 베스파
는 그 정해진 루트대로 움직이고 있었다.

영웅은 미소를 지으며 베스파를 그저 지켜보았다.

베스파는 영웅이 눈치챈 것도 모른 채 한껏 미소를 지으며
말했다.

"앞으로 주인으로 모시고 싶습니다!"

"오호! 나를?"

"네! 그렇습니다!"

"너도 알다시피 나는 홍익인간들의 왕인데? 정말로 날 모
실 거야?"

"그렇습니다!"

"나는 너희 종족을 내 발아래 둘 건데? 그래도?"

"그, 그렇습니다!"

"어? 방금 살짝 당황했어. 그치?"

"아, 아닙니다!"

"흐음……."

영웅이 눈을 게슴츠레하게 뜨고 바라보자 베스파가 자기도 모르게 시선을 다른 곳으로 돌렸다.

"뭐! 좋아! 나를 주인으로 모신다는데 나쁠 것은 없지. 너희 종족에 대해 궁금한 것이 많기도 하고 말이지."

"가, 감사합니다."

"그럼 저기 네 부하도 자연스럽게 내 밑으로 들어오는 건가?"

"그, 그건……."

영웅이 베스파 뒤에 있는 무라트족을 바라보며 물었다.

"너희 생각은?"

"마, 맞습니다! 저, 저희도 주, 주인님으로 모시겠습니다!"

그저 생각을 물었을 뿐인데 다들 기겁을 하며 영웅을 주인으로 모시겠다고 나섰다.

"크큭! 재밌네. 하지만 나는 쉽게 믿지 않지. 작은 제약을 걸 거야."

"제, 제약이요?"

"응, 아주 작은 제약. 뭐 별건 아니고 나를 배신하는 행동을 하게 되면 아주 작은 고통이 뒤따르는 정도?"

"고, 고통이요?"

"응, 겁먹지 마. 아주 작은 고통이야."

"어, 어느 정도인지······."

"음, 지금까지 너희에게 준 고통의 두 배?"

"힉!"

그 말에 다들 경기를 일으키며 잔뜩 겁에 질린 얼굴로 영웅을 바라보았다.

"에이. 뭘 걱정하고 그래. 나 배신 안 할 거잖아. 그치?"

"그, 그렇습니다."

"그럼 겁먹지 않아도 돼. 나를 배신만 하지 않으면 아무런 이상 없을 테니까."

영웅이 친절하게 달래 주었지만, 다들 몸을 덜덜 떨고 있는 것은 매한가지였다.

"아! 그리고 나에 관한 이야기를 당분간은 종족에게 전하지 말 것. 뭐 너희가 하는 이야기를 너희 종족이 믿지는 않겠지만, 그래도 혹시라도 믿고 숨어 버리면 내가 나중에 찾아서 조질 때 귀찮아지니까. 알았지?"

"네? 네!"

우렁차게 대답하는 무라트족을 보며 피식 웃는 흑치상에게 궁금했던 점을 물었다.

"그 천부인을 꼭 모아야 해? 안 모아도 저놈들 전부 쓸어버리는 데는 지장이 없을 것 같은데?"

"폐, 폐하의 강함을 보고 전부 도망가 숨어 버리면요? 천부인을 모아서 각성하신다면 그들의 기운을 우주 어디서든지 느끼실 수 있습니다."

"흠, 알았어. 일단은 찾아보지. 뭐 각성을 하면 어찌 되나 궁금하기도 하고."

"가, 감사합니다."

날이 갈수록 더욱더 공손한 자세로 변하는 흑치상의 어깨를 두어 번 토닥여 준 영웅은 다시 무라트족을 바라보았다.

"베스파라고 했지?"

"그렇습니다!"

"너는 날 따라오고 나머진 여기 남아서 이곳 지구 재건을 돕는다. 불만 있는 놈은 지금 나와."

있을 리가 없었다.

영웅은 다른 쪽에서 자신을 바라보는 홍익인간들을 바라보며 말했다.

"내가 다음에 다시 올 때까지 여기 원래대로 복구시켜 놔. 알았지?"

"충! 폐하의 명을 받드옵니다!"

그토록 기다리던 자신들의 진정한 왕이 내리는 첫 번째 명이었다.

홍익인간들의 눈에는 열의가 활활 타오르고 있었고 이들은 자신이 가진 모든 것을 쥐어짜 내서라도 이곳 지구를 예전의 모습으로 되돌려 놓을 것이다.

오와 열을 맞추어 영웅에게 절도 있는 자세로 절을 하며 대답하는 홍익인간들.

그들을 바라보는 영웅 옆에 초조한 얼굴로 서 있는 블레스가 있었다.

블레스는 정신을 차린 후부터 다시 정신이 혼미해질 정도로 정신이 없었다.

영웅에게 당하고 정신을 잃은 것까지는 기억이 났다. 그러고는 다시 정신을 차렸는데 자기가 모시는 천인들이 일제히 그의 앞에 엎드려 절을 올리고 있는 것이 아닌가.

황당한 장면에 자신의 뺨을 때려 보기도 하고 허벅지를 세게 꼬집어 보기도 했다.

그리고 나온 결론은 이 모든 것이 현실이라는 것이었다.

그리고 영웅과의 대화가 기억이 났다.

－너 좀 탐난다. 어찌하면 너를 내 것으로 만들 수 있을까?

－크큭! 형제님, 그것은 영원히 이루어질 수 없는 바람이군요. 그대가 천인들의 왕이라도 되지 않는 한 그 소원은 이루어질 수 없겠군요.

－그래? 그럼 천인들의 왕이 되어 보지 뭐.

－으드득! 정말 용서 못 할 분이시군요! 제가 분명히 말씀드렸죠! 그분들을 욕되게 하지 말라고!

－뭐 두고 보면 알겠지. 아무튼, 너 약속한 거다? 내가 천

인들의 왕이 된다면 나만을 섬기는 것으로.

　─좋습니다! 그러나 다시 말씀드리지만, 그것은 이루어지지 않을 것입니다!

　부르르─!

　순간 소름이 돋아 몸을 부르르 떨었다.

　그때는 말도 안 되는 소리라고 생각하고 지른 말이었는데 그것이 현실이 되었다.

　그렇게 멍하니 있는 블레스를 바라보며 영웅이 웃으며 물었다.

　"약속했지? 내가 쟤들의 왕이야. 이제 나를 모셔야지?"

　"저, 정말이십니까?"

　"응, 저놈들이 너희를 창조해 낸 애들이 맞고 나는 그런 애들의 왕이야."

　블레스는 떨리는 동공으로 영웅을 바라보다가 이내 몸이 무너지며 영웅 앞에 납작 엎드렸다.

　"미, 미천한 종이 주, 주인님을 뵙습니다!"

　그 누구보다 홍익인간족에 대한 충성심이 강한 사람이었다. 그 점이 영웅의 마음에 들었다.

　심지어 자신의 목숨마저도 아무렇지 않게 내놓는 모습에 영웅은 큰 감명을 받았다.

　이제 블레스가 믿는 천인들의 왕이 되었으니 블레스는 정말로 자신에게 모든 충성을 다할 것이다.

간만에 맘에 드는 사람을 얻은 것 같아 기분이 좋아진 영웅이었다.

———

행성 비욘드.

홍익인간족이 창조한 수많은 차원 속. 그 차원들의 모든 생명체의 소울을 관리하는 행성이 존재하는데, 그 행성의 이름이 바로 비욘드이다.

비욘드는 기본적으로 암흑 성운 깊숙한 곳에 자리하고 있기에 그 모습조차 보이지 않는 행성이었다.

심지어 행성에서 발산되는 생명의 기운을 막기 위해 홍익인간족의 모든 술법과 기술력이 총동원된 행성이기도 했다.

하지만 비욘드를 발견해도 건드리는 종족은 없을 것이다.

그것은 암묵적인 룰이었다.

무라트족이라도 행성 비욘드는 건드리지 않았다.

행성 비욘드는 홍익인간족이 창조해 낸 것이 아니다.

그보다 더 위의, 우주의 근본과도 같은 이가 창조한 것이었다. 그 행성의 기운으로 차원 내에 있는 영혼들을 끌어모을 수 있었다.

이것을 홍익인간족은 영혼중력(靈魂中力)이라 불렀다.

이 성질 덕분에 자신들이 창조해 낸 세상의 영혼들을 쉽게 끌어모을 수 있었다.

이곳으로 모인 영혼들은 차원별로 다시 나누어져 관리가 된다.

영혼을 정화하는 장소는 지하에 있기에 지하에 있는 그곳을 나락(奈落)이라 불렀고 정화된 영혼이 다시 환생을 위해 대기하는 장소는 천상(天上)이라 불렀다.

나락을 총관리하는 자를 염라(閻羅)라 칭했고 천상을 관리하는 자는 옥황(玉皇)이라 칭했다.

"염라님! 보고드립니다! 237차원의 지구에서 더는 영혼이 오지 않고 있습니다."

"멸종인가?"

"그건 아닌 것 같습니다. 아직도 상당수의 영혼 데이터가 남아 있는 것을 보아 혼란이 정리되고 안정화 단계로 넘어간 것 같습니다."

"흠, 그쪽 지구 영혼들은 지금 어찌 관리되고 있지?"

"모두 정화가 끝난 상태로 환생을 준비 중입니다."

"좋아. 그럼 정화가 끝난 순서대로 환생 준비시켜. 혼란이 끝났다면 곧 많은 이가 탄생할 테니."

"알겠습니다!"

수하의 보고를 받은 염라는 자신의 책상 위에 있는 연초를 집어 들고 불을 붙여 깊게 들이마신 뒤에 길게 뿜어내며 중얼거렸다.

"이상하군. 그곳은 아무리 봐도 회생이 불가능한 지역이었는데."

궁금해도 확인할 방법은 없었다.

보통은 상황을 확인하기 위해 파견을 보내지만, 현재는 무라트족을 피해 다니는 중이었기에 최대한 파견을 자제하고 있었다.

무라트족이 이곳 비욘드만은 건드리지 않기에 이곳이 세상에서 가장 안전한 장소일 수도 있었다.

"빌어먹을 무라트족 놈들 때문에 행성 밖으로 나가 볼 수도 없고…… . 종족들 소식도 끊기고 답답하군. 후우."

다시 한번 연기를 길게 내뿜고는 의자에 몸을 기대어 천장을 바라보는 염라였다.

한편, 237차원의 지구를 담당하는 담당 부서는 정신없이 바쁜 하루하루를 보내고 있었다.

"휴우. 이번 주는 올라오는 영혼들이 많이 없군."

"다행이긴 한데 아직도 처리해야 할 영혼들이 저렇게 많다. 봐라, 아직 절반도 못 처리했다."

그가 가리킨 장소에는 끝도 없이 이어진 유리관이 있었고 그 안엔 형형색색의 구슬 모양의 영혼들이 줄지어 서 있었다.

영혼의 색은 그 영혼의 오염 정도를 나타내는데, 오염이 심할수록 검은색에 가깝게 변했다.

　유리관의 끝부분에선 오염 정도에 따라 등급을 매겨 나락으로 보내고 있었다.

　나락에서는 등급에 따라 정화 강도를 정하고 등급이 높을수록 오랜 시간 동안 강렬한 정화 과정을 거쳐야 했다.

　이때의 상황이 영혼에 각인되어 환생한 사람이 이 상황을 기억하고 상상으로 표현한 것이 바로 인간들이 말하는 지옥이었다.

　"도대체 몇 달째 제대로 쉬지도 못하고 이러고 있는 거냐."

　"그러니까 말이다. 아니, X발. 지구가 운석과 충돌이라도 했나? 그러지 않고서는 이렇게 많은 소울이 올 수가 없는데."

　"닥치고 어서 일이나 하자. 위에서 또 난리 칠지도 몰라."

　"하아, 미친 척하고 이전 시간대로 돌리면 안 되겠지?"

　"미쳤냐? 그랬다간 우리 모두 무저갱으로 끌려간다. 알지? 거기가 어딘지."

　"아, 알지. 그런데 지금 우리 종족이 전부 사방으로 퍼져있고 생사도 잘 알지 못하는데 그것 좀 했다고 우리를 정말로 거기에 집어넣을까? 솔직히 우리를 감찰할 차원 관리인이나 남아 있는지 없는지도 모를 판에."

　"그건 그래. 지원이 끊긴 지도 오래되었잖아. 오죽하면 우리가 우리 먹을 것을 창조해서 먹고 있냐고."

　"그나마 창조의 능력이 있었으니 망정이지, 진짜 굶어 뒈질 뻔했지."

"야, 헛소리 그만해. 염라님이 눈에 불을 켜고 지켜보고 계신다. 알지? 염라님 공과 사는 확실하신 거. 너희가 그 짓을 하면 감찰이 아니라 본인이 직접 잡아서 무저갱에 집어넣으실걸."

"자 자, 그만 떠들고 일하자. 지구 대부분의 생명체가 뒈지는 바람에 이번 일만 다 처리하면 당분간은 할 일이 없어서 시간이 남아돌 테니까."

"하긴, 그렇겠네. 새로운 생명을 창조해야 할 고위 계급들이 없으니 창조도 못 할 것이고."

"어서 일이나 하자."

237차원 지구 담당 부서가 정신없이 움직이고 있을 때 행성의 중앙 관제실 역시 한바탕 난리가 나고 있었다.

삐잉- 삐잉- 삐잉-!

[침입자가 있습니다! 허가되지 않은 생명체들이 고속으로 접근 중입니다. 행성 방어 체계 가동을 시작합니다.]

"뭐야? 뭔 일이야?"

"서, 설마. 무라트족이 이곳을 알아차렸나?"

"절대 그런 일은 없어. 이곳이 어딘지 알잖아."

"그래. 이곳은 신성한 곳이다. 그들도 함부로 공격하지 못해!"

경보 소리에 다들 긴장하면서도 이곳은 안전하다는 확신에는 변함이 없었다.

"비욘드에 들어올 수 있는 것은 우리 홍익인간족의 기운과 우리가 창조해 낸 생명체의 영혼뿐이다! 저들이 누군지는 모르지만 오기 전에 행성의 대기에서 소멸할 거야."

이렇게 긍정적인 대화가 이어지고 있을 때, 뒤에서 누군가가 답답하다는 듯이 소리쳤다.

"뭔 소리를 하는 거야! 보안 체계가 발동했다는 말은 근처까지 다가왔다는 소린데! 대기고 나발이고 이미 행성 안에 들어왔다는 소리라고! 머저리들아! 뭣들 해! 빨리빨리 움직여!"

삐잉- 삐잉- 삐잉-!

[미확인 생명체 접근 중! 요격 실패! 요격 실패! 행성 내부로 침투하여 공간 이동으로 움직이는 것으로 추측됨.]

"공간 이동? 그건 최상위 귀족들만이 사용할 수 있는 고급 스킬이잖아. 설마, 윗분들이 이곳을 방문하신 건가?"

"아냐, 윗분들도 이곳의 위치를 몰라."

"차원 관리인들이 말해 줬을지도 모르잖아!"

"다섯 명의 차원 관리인을 모두 찾는다고? 그게 가능하다고 생각해?"

"그럼 도대체 뭐냐고!"

다들 우왕좌왕하고 있을 무렵 그들의 궁금증을 해결해 줄 사람이 등장했다.

스팟−!

비욘드 행성의 중앙 관제실에 나타난 사람은 바로 영웅과 흑치상, 베스파와 블레스, 아더와 킬라쉬였다.

이 많은 인원을 데리고 이곳 비욘드 행성까지 순간 이동을 한 것이다.

비욘드 행성의 방어 체계가 그들을 발견하고 공격을 시도했지만, 실패했다.

영웅이 제일 먼저 감탄스러운 말투로 입을 열었다.

"이야, 순간 이동 중에 공격당해 보긴 또 처음이네."

"하하, 이곳은 저희 종족의 모든 정수가 담긴 행성입니다. 그 정도는 해야지요."

"그나저나 저들 좀 어떻게 해 봐. 눈빛들이 너무 부담스러운데?"

영웅의 말에 흑치상이 고개를 돌렸다.

중앙 관제실에 있는 많은 홍익인간이 전부 영웅과 그 일행을 바라보고 있었다.

"다, 당신들은 누구요?"

누군가의 질문에 흑치상이 뒷짐을 지고 헛기침을 하며 대답했다.

"크흠, 나는 흑치상이라고 한다."

"흑치상?"

"우, 우리 재상님 존함이 흑 치 자 상 자 셨어."

"재상님?"

그 말에 다들 놀란 표정으로 다시 흑치상을 바라보았다.

"헉! 지, 진짜다! 재, 재상님이시다!"

그냥 고위 관직도 아니고 왕 다음으로 높은 관직이었다.

모든 홍익인간의 정점이자 가장 존경받는 인물.

그가 바로 흑치상이었다.

그것을 보여 주듯 중앙 관제실에 있던 홍익인간들이 동시에 엎드려 감격에 겨운 목소리로 울면서 외치기 시작했다.

"재상님! 무사하셨군요! 정말로 다행입니다!"

"재상님! 흑흑! 기다렸습니다! 저희를 잊어버린 것은 아닌지 걱정하고 있었습니다."

다들 흑치상의 정체를 알고는 그동안 노심초사했던 마음을 앞다투어 쏟아 내고 있었다.

얼마나 마음고생을 했는지 바닥에 엎드린 채 대성통곡을 하는 이도 많았다.

개중에 몇 명은 자리에서 일어나 다른 부서에 이 기쁜 사실을 알리기 위해 바삐 몸을 움직일 정도였다.

이들이 사방으로 돌아다니면서 외친 덕에 비욘드 행성 전체로 소문은 빠르게 퍼져 나갔다.

소문은 곧 염라의 귀에도 들어갔다.

벌떡-.

"뭐? 누, 누가 왔다고?"

"흐, 흑치상 대(大)재상님께서 오셨다고 합니다!"

"그, 그게 정말이냐?"

"그, 그렇습니다. 그 일로 지금 행성 전체가 난리입니다."

"가, 가 보자! 어, 어디로 납시었다고 하더냐?"

"중앙 관제실이라고 합니다!"

파앗-!

수하의 보고를 듣자마자 순식간에 자취를 감춘 염라였다.

순간 이동으로 중앙 관제실로 이동한 염라는 흑치상을 발견하고는 곧바로 그의 앞으로 가 엎드렸다.

"재상님께 염라가 인사 올립니다!"

염라의 인사와 동시에 또 다른 누군가가 옆으로 다가와 엎드리며 외쳤다.

"재상님께 옥황이 인사 올립니다!"

염라는 회심의 미소를 지었다.

옥황보다 한발 먼저 인사를 올린 것이다.

'흐흐, 이놈아. 이번은 나의 승리다.'

속으로 쾌재를 부르며 엎드린 채 흑치상의 말이 나오기만을 기다렸다.

"옥황과 염라로구나. 그간 종족의 지원도 없이 이곳을 관리하느라 애썼다."

"당연히 저희가 해야 할 일이옵니다."

"맞사옵니다! 그런 말씀은 거두어 주시옵소서!"

여전히 충성심이 넘치는 그들의 모습에 흑치상은 만족한 미소를 지으며 둘의 등을 토닥여 주었다.

단지 흑치상의 손길이 닿았을 뿐인데, 옥황과 염라는 감격의 눈물을 흘렸다.

잠시간 동안의 재회가 끝나고 옥황과 염라는 궁금했던 것들을 질문하기 시작했다.

"재상님께서 이곳에 왕림하셨다는 것은 이, 이제 종족의 평화가 찾아온 것입니까?"

"저희 종족이 편히 살 수 있는 행성을 찾은 것입니까? 아니면 무라트족과 평화협정이라도 맺으신 것입니까?"

옥황과 염라의 질문에 이어 다른 이들도 조심스럽게 궁금했던 점들을 묻기 시작했다.

"무라트족의 침략에 대비할 방법을 찾으신 것입니까?"

"그동안 우리 종족에게 무슨 일이 있었던 것입니까?"

다들 궁금한 것이 어찌나 많은지 순식간에 그곳이 시장통처럼 왁자지껄하게 변해 버렸다.

사방에서 몰려오는 질문을 듣던 흑치상이 짐짓 근엄한 표정을 지으며 자신의 기운을 발산했다.

파앙-!

후웅—!

흑치상의 기파가 그곳을 휩쓸고 지나갔다. 그 기운을 느낀 사람들은 말로만 듣던 재상의 힘을 느끼고는 이내 목소리를 가라앉혔다.

그리고 다들 초롱초롱한 눈으로 흑치상을 바라보았다.

저 입에서 이제 희망의 말이 나오기를 간절히 바라면서 말이다.

그런 사람들의 간절함을 읽었는지 흑치상이 미소를 지으며 말했다.

"이놈들, 눈빛만으로도 무엇을 원하는지 알 것 같구나. 오냐! 너희가 듣고 싶던 말을 해 주마. 이제 우리 종족에 평화가 찾아왔다."

"와아아아아!"

"만세!"

"으하하하! 이제 더는 전전긍긍하지 않아도 되겠구나!"

"홍익인간족 만세! 흑치상 재상님 만세!"

관제실 전체가 들썩일 정도로 환호가 튀어나왔고 사람들은 저마다 서로를 부둥켜안으며 기뻐했다.

이내 다시 한번 확인하기 위해 몇몇 사람들이 되물었다.

"지금 하신 말씀이 저, 정말입니까?"

"그렇다, 이놈들아."

"어, 어찌 그게 가능한 것입니까? 우리 종족의 힘으론 무라트족을 이길 방법이 없는데……. 서, 설마 저희의 왕께서 강림이라도 하셨습니까?"

"그렇다."

"네? 그, 그게 정말입니까?"

자신들의 왕이 세상에 나타났다는 소식에 소울 서버의 관리자들은 잠시 멍한 표정을 지었다가 이내 눈물을 글썽이기 시작했다.

"왕께서 우리의 곁에 나타나셨다니……."

"크흑! 어, 얼마나 기다렸던 소식인지……."

관리자들은 복받치는 감정을 다스리지 못하고 이내 눈물을 흘리기 시작했다.

얼마나 오랫동안 간절하게 기다렸던가.

매일매일 간절히 바라 왔던 일이었다.

자신들을 구원해 줄 왕이 나타나 주기를 말이다.

누군가는 이제 더는 자신들의 왕이 나오지 않을 것이라고도 했었다. 하지만 그건 소수였고 대부분의 홍익인간은 자신들의 왕이 언젠가는 나타나 종족을 구원해 줄 것이라 굳게 믿고 있었다.

어찌 보면 하나의 신앙이나 다름없었다.

잠시 격해진 감정에 눈물을 흘리던 관리자들은 이내 눈물을 닦고는 흑치상에게 물었다.

"폐하께선 어디 계십니까? 천부인을 찾기 위해 긴 여정에 떠나셨습니까? 아니면 이미 모든 것을 준비하고 저 빌어먹을 무라트족에게 본때를 보여 줄 준비를 하고 계신 것입니까?"

초롱초롱한 눈으로 질문을 해 오는 관리자들을 보며 흑치상이 피식 웃으며 공손한 자세로 영웅의 옆에 섰다.

그리고 말했다.

"인사 올리거라. 우리 홍익인간족이 그토록 기다렸던 폐하시니라."

흑치상의 소개에 다들 어리둥절한 표정으로 영웅과 흑치상을 번갈아 가며 바라보았다.

그러자 흑치상이 미소를 지으며 고개를 끄덕이자, 관리자들은 감격의 눈물을 흘리며 영웅을 향해 천천히 무릎을 꿇기 시작했다.

그러고는 세상에서 가장 경건한 자세로 절을 올리며 목청껏 외쳤다.

"미천한 신들이 우주를 다스리실 폐하를 뵈옵니다!"

그들은 엎드린 상태에서 몸을 들썩거렸다.

자신들의 왕에게 보이지 않도록 엎드린 채로 기쁨의 눈물을 흘리고 있었다.

그런 그들에게 영웅의 목소리가 들려왔다.

"일어나라."

"명을 받드옵니다!"

관리인들이 일사불란하게 일어서서 흐르는 눈물을 닦을

생각도 하지 않은 채 영웅을 바라보았다.

"그동안 마음고생이 많았지?"

"아, 아니옵니다!"

"아니긴……. 이제 내가 너희를 지켜 줄 것이다."

"폐, 폐하……."

"왕으로서 첫 명령을 내리려 하는데 들어주겠느냐?"

"명만 내려 주시옵소서!"

"237차원 지구에 있는 생명을 모두 원상 복구하라."

"명을 받드옵니다!"

된다, 안 된다는 말을 하지 않았다.

안 돼도 되게 해야 한다.

자신들의 왕이 내리신 명이 아니던가.

그토록 오랫동안 간절히 기다렸던 자신들의 왕이 내린 명
이었다.

관리자들은 결연한 눈빛으로 바쁘게 움직이기 시작했다.

옥황과 염라가 여전히 감격한 표정으로 영웅에게 다가가
말했다.

"폐하! 오래 걸리지는 않을 것이옵니다. 그동안 잠시 쉬고
계실 장소로 안내해 드리겠사옵니다."

"그렇사옵니다. 소신들이 최선을 다해 폐하의 명을 이행
할 것이옵니다."

"아니, 지켜보지."

"황, 황공하옵니다. 폐하!"

자신들이 하는 일을 지켜보겠다는 말에 다시 감격하는 옥
황과 염라, 그리고 관리자들이었다.

자신들의 왕이 지켜본다는 말에 신이 나서 더욱더 열심히
움직이는 관리자들이었다.

"왕께서 지켜보신다! 보여라! 너희의 능력을!"

"넵!"

237지구의 모든 것이 빠르게 복원되었다.

홍익인간족들이 밤낮을 가리지 않고 복구에 힘을 쓴 덕이
었다.

그로 인해 예정보다 더 이른 시간에 예전의 푸르렀던 지구
가 다시 돌아온 것이다.

그것도 모자라서 죽었던 사람들까지 원상 복구가 되면서
홍익인간들이 저지른 만행을 모두 제자리로 돌려놓았다.

불행했던 기억을 조작해서 돌려놓아야 했기에 까다롭고
시간이 오래 걸리는 작업이었음에도, 비욘드의 관리자들은
연신 즐거워하며 일했다.

거기에 왕의 응원까지 있지 않았던가.

다들 사기가 충전해서 평소보다 두 배, 세 배 집중력을 발

휘하며 움직였고, 수억에 달하는 영혼들의 데이터를 조작하는 것에 성공해 내고야 말았다.

영웅은 그런 관리자들을 칭찬하고 그들을 불러 궁금한 점에 대한 답을 해 주었다.

"천부인을 찾으러 가시는 것이옵니까?"

대부분 질문에 대한 답은 영웅보다 흑치상이 답을 했다.

"그렇다. 폐하께선 천부인 중 하나인 천뢰신검만을 취득하신 상태이시다."

"폐하, 그럼 무라트족을 피해 항시 조심하시옵소서. 그들이 악착같이 전 우주를 뒤지고 다니는 이유가 바로 폐하를 찾기 위함입니다."

"맞습니다. 천부인을 하루속히 찾으시옵소서. 그리고 그들에게 왕의 위엄을 보여 주시옵소서!"

다들 걱정 가득한 표정으로 영웅을 바라보며 말했다.

그런 그들에게 흑치상이 미소를 지으며 충격적인 발언을 했다.

"걱정하지 말아라. 무라트족은 폐하를 어찌하지 못하니까."

흑치상의 말에 다들 고개를 갸웃거리며 영문을 알 수 없다는 표정으로 물었다.

"그게 무슨 말씀이십니까?"

"무라트족은 폐하께 그 어떤 해도 끼치지 못한다. 아니 그렇소? 베스파 경?"

"크흠. 그, 그렇습니다."

흑치상의 장난기 가득한 물음에 베스파는 헛기침을 하며 다른 곳을 바라봤다.

관리자들은 그런 그들을 보며 둘이 대체 무슨 대화를 나누는지 파악하려 애썼다.

"크크크, 저기 있는 저자가 바로 무라트족이다."

"컥!"

"쿨럭! 쿨럭!"

흑치상의 말에 다들 사레가 걸렸는지 기침을 했다.

베스파는 엄연히 자신들의 적이고 경계해야 할 종족이었지만 흑치상은 베스파를 함부로 대하지 않았다.

자신보다 강한 데다가 이제 한배를 탄 몸이 아니던가.

거기에 그 끔찍한 제약까지 걸린 베스파를 보며 안쓰러움에 연민까지 생긴 상태였다.

이 모든 것이 이제 더는 무라트족이 자신들에게 위협이 되지 않았기에 할 수 있는 행동들이었다.

"노, 농담이시죠? 그렇죠?"

관리인들이 어색한 웃음을 지으며 제발 농담이길 바라는 마음으로 흑치상에게 물었다.

"아니? 진담인데?"

"그게 어찌 진담입니까? 무라트족이 어떤 종족인데……."

"걱정하지 마라. 여기 이자도 폐하의 충실한 종일 뿐이니."

"네에?"

이건 또 무슨 소리란 말인가?

어찌 무라트족이 자신들의 왕을 모신단 말인가?

이해가 가지 않는 일들이 연속으로 이어지고 있었다.

"저, 저자가 어찌 폐하를 모신단 말입니까? 저자는 저희 종족의 철천지원수인 무라트족이고, 무라트족은 폐하를 잡기 위해 온 우주를 이 잡듯이 뒤지고 있는 상황임을 잘 알고 계시지 않습니까!"

관리인들은 흑치상의 말이 여전히 이해가 가질 않아 자신들도 모르게 흑치상을 향해 언성을 높였다.

흑치상은 그것을 전혀 기분 나빠 하지 않았다.

그저 영웅의 강함만 생각하면 자신도 모르게 웃음이 새어 나오고 기분이 좋았다.

"그건 차차 알게 될 것이다. 미리 알면 재미가 없지. 안 그러느냐?"

"네?"

흑치상이 장난기 가득한 미소로 대답을 회피하자, 답답해 죽을 것 같은 표정으로 흑치상을 바라보는 관리인들이었다.

그것을 본 영웅은 고개를 절레절레 흔들며 앞으로 나섰다.

"장난은 그만해라."

영웅의 등장에 관리인들이 잔뜩 긴장하며 부복했다.

그런 그들에게 영웅이 친절하게 설명해 주었다.

"저자가 내 밑에 있는 이유도, 무라트족이 더는 홍익인간을 괴롭힐 수 없는 이유도, 그리고 내가 그들을 피해 도망 다니지 않아도 되는 이유도. 모두 하나다."

영웅은 그냥 조곤조곤 말할 뿐이지만 그것을 바라보는 사람들은 엄청난 위압감을 느끼며 마른침을 꿀꺽 삼켰다.

"내가 강하니까."

부르르르ㅡ!

영웅의 답에 관리인들은 자신들도 모르게 몸을 부르르 떨었다.

순간적으로 엄청난 희열을 느낀 것이다.

그들은 본능적으로 느꼈다.

자신들의 왕이 하는 이야기가 진실이라는 것을.

지금 영웅의 몸에서 발산되는 엄청난 기운이 진실이라고 말해 주고 있었다.

영웅은 그런 그들을 하나하나 바라보며 말했다.

"저들은 더는 너희를 괴롭히지 못한다. 내가 있으니까."

주르르륵ㅡ!

관리인들은 자신들도 모르게 흐르는 눈물을 닦을 생각도 하지 않았다.

감동이 지나쳐서 흘러넘치는 눈물이었고 눈물이 흐르는 것도 느끼지 못할 정도로 영웅의 말에 빠져들고 있었다.

"이제."

조금씩 끊어 말을 하고 있지만, 그 누구도 그것이 답답하다고 느끼지 않았다.

왜냐하면.

"그들이 나를 피해 도망 다녀야 할 것이다."

엄청난 전율을 안겨 주고 있었으니까.

언제나 소망했던 왕이 세상에 나타나 준 것도 모자라 무라트족을 발아래로 굽어보는 절대적인 강함을 지닌 왕이 나타난 것이다.

그런 영웅의 위엄에 흑치상을 비롯해서 그곳에 있는 모든 이들이 감동의 눈물을 흘렸다.

베스파를 제외하고 말이다.

⚜

비욘드 행성에서의 일까지 모두 마친 영웅은 237지구로 다시 돌아왔다. 화이트 웜홀을 통해 다시 원래 지구로 돌아가기 위함이었다.

영웅은 지구로 돌아가서 다시 흑치상을 부르기로 했고, 흑치상은 그때 베스파도 같이 데리고 가겠다고 대답했다.

그러고는 237지구를 한 바퀴 돌아보기 시작했다.

예전의 237지구로 돌아왔는지 확인하기 위함이었다.

처음 죽어 가는 행성의 모습을 하고 있던 237지구는 다시 생명력이 넘치는 행성으로 바뀌어 있었다.

창조의 능력을 지닌 홍익인간들이 노력한 결과였다.

물론 237지구에 있는 홍익인간들과 비욘드 행성의 관리자들이 모두 힘을 하나로 모아야 했고, 그것도 부족해서 흑치상의 힘까지 보태어 겨우겨우 원상태로 복구하긴 했다.

다시 살아난 인간들은 기나긴 잠을 자고 일어난 것처럼 처음엔 무기력한 모습을 보였다.

하지만 이내 기력을 회복하고 다시 적응해 나가며 그들이 가진 기억을 토대로 살아가기 시작했다.

237지구에 있던 생존자들 역시 홍익인간들로 인해 지구가 황폐해지기 전으로 기억이 돌아갔고 폐허가 된 지구에서의 일은 모두 잊어버렸다.

237지구를 자신들의 거점으로 삼으려 했던 홍익인간들은 흑치상이 알려 준 무인의 행성으로 거점을 옮겼다.

그곳은 흑치상이 훗날 왕이 나타나면 새로운 홍익인간족의 행성으로 만들기 위해 점찍어 두고 심혈을 기울여 만들어 놓은 행성이었다.

흑치상은 그곳으로 홍익인간들을 보내며 준비를 하라고 일렀다.

"이제 그곳이 우리의 새로운 고향이다. 그러니 너희가 먼저 가서 터를 잡고 기다리고 있거라. 이왕 터를 잡는 김에 폐하께서 머무실 궁도 지어 놓거라."

자신들의 왕이 머무실 궁이었다.

아마도 이들은 자신들이 가진 모든 능력을 총동원해서라도 화려한 궁을 만들 것이다.

영웅은 이제 이곳에서의 일은 다 끝났다고 생각하고 정리를 하기 시작했다.

가장 먼저 기억이 지워지지 않은 블레스에게 물었다.

"저들처럼 지금까지의 일은 모두 잊고 저들과 어울려 살고 싶다면 말해."

영웅의 물음에 블레스가 고개를 저으며 답했다.

"저는 오로지 폐하의 충실한 종일 뿐입니다. 끝까지 따르겠습니다."

"정말로 괜찮겠어? 저곳에는 너의 가족도 있고 너의 친구들도 있을 거 아냐. 다시 살아난 이들의 기억 속에 네가 있을 텐데?"

"저는 그런 추억이 없습니다. 빈민가에서 썩은 음식을 주워 먹어 가며 겨우겨우 하루하루를 살아가던 인생이었습니다. 저에게 있어 과거의 지구는 지옥이나 다름없습니다."

블레스의 말에 영웅이 알겠다는 표정으로 고개를 끄덕이며 흑치상에게 말했다.

"그럼 저쪽으로 넘어가서 호출할게."

"알겠사옵니다. 소신은 이곳에서 폐하의 호출을 기다리고 있겠사옵니다."

영웅은 일단 앤드류를 마르코에게 넘겨주고 원래 지구에 있는 식구들에게도 지금 상황을 이야기해 주기로 했다.

이제 천부인을 찾기 위해 부지런히 움직여야 하니 말이다.

일단, 혼란을 피하고자 앤드류가 이곳에서 겪은 기억들은 모두 지운 상태였다.

그는 기절한 상태로 축 처진 채 영웅의 손에 들려 있었다.

어서 넘겨주고 천부인을 찾겠다는 목표에 들떠 있는 영웅이었다.

굳이 찾지 않아도 무라트족을 충분히 상대할 수 있다는 사실을 알았음에도 그것을 찾으려 하는 이유는 호기심이었다.

이제 무라트족에 대해 걱정하지 않아도 되니 안심하고 일단 모으려는 것이었다.

그리고 자신을 애타게 기다리고 있을 엘란족 카추도 만나야 했다.

영웅은 다른 이들의 눈길을 받으며 앤드류를 데리고 화이트 웜홀 속으로 들어갔다.

⎯⎯⎯⎯

한국 각성자 협회.

영웅은 돌아오자마자 앤드류를 무사히 가족의 품으로 보냈다. 그리고 은혜를 갚겠다며 매달리는 마르코를 달래고 곧바로 한국으로 향했다.

한국에 도착하자마자 가장 먼저 한 것은 이곳에 있는 자신의 사람들을 불러 모으는 것이었다.

영웅의 부름에 달려온 천지회주를 비롯해 레드 그룹 천민우와 백호문주, 임시혁과 차태성까지 모두 한걸음에 달려왔다.

그들을 모아 놓고 영웅은 모든 것들은 이야기해 주었다.

굳이 숨길 이유도 없었고 앞으로 잦은 차원 이동으로 이들의 도움이 많이 필요하기에 미리 말해 두는 것이었다.

그때마다 핑곗거리를 만드느니 그냥 시원하게 전부 말하는 쪽을 택한 것이다.

"자, 이제부터 내가 하는 이야기를 잘 들어야 해."

영웅이 심각한 표정으로 입을 열자 다들 긴장하며 침을 꿀꺽 삼켰다.

"무슨 이야기이시길래 이렇게 심각하신 겁니까?"

연준혁은 미국에서 이곳으로 오는 내내 궁금했기에 더는 참지 못하고 앞장서서 물었다.

"나의 정체, 그리고 너희 각성자의 정체."

영웅이 진지한 표정을 지으며 자신의 정체와 각성자들의 정체가 무엇인지 말해 준다고 하니, 다들 어리둥절한 표정을 지었다.

"네? 주군의 정체요?"

"무슨 정체요? 하하. 뭐 영화에 나오는 히어로처럼 지구인이 아니었다는 뭐 그런 것은 아니겠죠?"

"아니, 지구인은 맞아. 다만, 그 지구인을 만든 초월자들의 왕이야."

"네?"

영웅의 말이 전혀 이해가 가질 않는 사람들이었다.

지구인은 맞는데 지구인을 만든 초월자들의 왕이라니?

바꾸어 말하면 지구인을 만든 창조주의 왕이라는 뜻이 아닌가.

그곳에 있는 모든 이들이 영웅이 자신은 신이라고 커밍아웃하는 것이라 이해를 했다.

그리고 고개를 끄덕였다.

이미 짐작하고 있었지 않았는가.

이곳에 있는 모든 이들은 이미 영웅을 신이라 생각하고 있었기에 큰 충격이나 소란 같은 것은 없었다.

"아하! 그러니까 신이라는 말씀이시죠? 하하, 저희는 이미 다 알고 있었습니다."

"뭘?"

"주군께서 신이라는 사실 말입니다."

"나? 신 아닌데?"

"에이, 방금 말씀하셨잖아요. 우리를 창조한 초월적인 존재의 왕이시라고요. 그럼 그게 신이 아니고 뭡니까."

이곳에 모인 무신천 사람들의 눈빛은 영웅이 이미 신이라는 것에 확고한 믿음이 있어 보였다.

그런 눈빛에다가 대고 아니라고 말해도 믿지 않을 것 같아서 일단은 뒤로 미루고 다음 이야기로 넘어가기로 했다.

"하아, 어차피 아니라고 해도 안 믿을 것 같으니 이 부분은 일단 넘어가고, 대격변와 웜홀, 그리고 각성자라는 존재에 대해 말해 줄게."

사람들은 영웅의 다음 말에는 진지한 표정을 지으며 집중하기 시작했다. 바로 본인들과 관계된 이야기가 아닌가.

"대격변은 웜홀을 테스트하기 위해 지구를 시험장으로 만드는 과정에서 일어나는 현상이야. 그리고 그 웜홀을 제대로 테스트하기 위해 만들어진 것이 바로 각성자들이지."

"그게 무슨 말씀입니까? 웜홀을 시험하다니요? 그리고 그 웜홀을 각성자들이 테스트하다니요?"

사람들은 영웅의 말이 믿기지 않는 듯 황당한 표정을 지으며 되물었다. 그런 사람들에게 영웅은 자신이 흑치상과 엘란족에게 들은 정보들을 이야기해 주었다.

"이야기를 하자면, 일단 이 모든 일의 시작은 홍익인간족이라 불리는 종족과 무라트족이라 불리는 종족 간의 오랜 싸움 때문이야."

"홍익인간이요? 우리가 알고 있는 그 홍익인간이요?"

"그래, 맞아. 우리 설화에 나오는 그 홍익인간."

"헐, 그게 외계 종족이었습니까?"

사람들이 황당한 표정으로 묻자 영웅은 고개를 끄덕였다.

"맞아. 그들이 우리를 창조한 것이지."

"네? 주, 주군도요? 그, 그럼 그들이야말로 우주 최강의 종족이 아닙니까?"

"아니야, 그들은 창조 능력은 뛰어났지만, 전투 능력은 약했어. 우주 최강의 종족은 무라트족이라 불리는 종족이었지. 그들은 홍익인간의 힘을 이용해서 우주 전체를 집어삼킬 작정이었다더군."

영웅의 말에 다들 어느새 집중하고 침을 삼키며 경청하기 시작했다.

영웅은 그런 그들에게 홍익인간과 무라트족에 대해 알고 있는 것들을 모두 말해 주었다.

그들에 관한 이야기가 끝나자, 연준혁이 물었다.

"그럼 저희에게 각성 능력을 준 것도 그 홍익인간족입니까?"

연준혁의 말에 영웅이 고개를 흔들었다.

"아니, 너희의 그 특별한 힘은 다른 종족이 준 것이다."

"또 다른 종족이 있습니까?"

"그래, 엘란족. 저 달 뒤편에 그들의 전진기지가 있지."

"네? 다, 달 뒤편에요? 그, 그렇게 가까운 곳에 외계 종족이 있었다고요? 그, 그럼 그들이 저희에게 힘을 주었다는 말은 무슨 뜻입니까?"

"대격변 이후에 각성자들이 생겨났다고 했지?"

"그, 그렇습니다."

"그 각성자를 만드는 것이 바로 엘란족들이 지구에 보낸 나노 머신이다."

"네? 무슨 머신이요?"

"나노 머신. 여기 있는 모두의 몸 안에 눈에 보이지도 않는, 말 그대로 나노 크기의 나노 머신 수억 개가 존재하고 있지."

"그, 그게 저, 정말입니까?"

영웅의 황당한 말에 다들 믿어지지 않는 눈으로 자신의 몸 이곳저곳을 살펴보기 시작했다.

우왕좌왕하는 사람들을 바라보며 영웅이 다시 말을 이어 나갔다.

"그래. 너희가 쓰는 인벤토리는 나노 머신이 만든 4차원의 공간이고 너희의 눈에 보이는 상태창 역시 나노 머신이 눈에 자리 잡아 보여 주는 것이지. 너희가 쓰는 아이템, 웜홀 속 몬스터, 이 모든 것 역시 전부 나노 머신이 만들어 낸 허구다."

4장

영웅의 말에 방 안에 정적이 찾아왔다.

"자, 잠깐만요! 그, 그럼 가드륨이나 인간들이 섭취할 수 있는 아이템은 뭡니까? 그, 그것도 나노 머신이란 말입니까?"

"나노 머신에는 인간을 개조하여 각성자로 만드는 것 외에 또 다른 능력이 있다. 바로 웜홀, 각성자들만 들어갈 수 있다는 그 웜홀. 웜홀을 만들어 내는 것 역시 나노 머신이다. 너희가 입는 특수한 능력을 지닌 옷이나 무기들은 나노 머신으로 이루어진 것이 맞아. 그 외에 다른 것들, 금속이라든지 신비한 물품이나 영약 같은 것들은 나노 머신이 웜홀을 만들어 미리 준비된 물품을 필드로 소환하는 것이지. 물론, 그것은 랜덤이고."

"나노 머신이 우리를 각성자로 만들었다면 왜 사람마다 능력이 다릅니까? 모두 같은 힘을 가져야 정상 아닙니까?"

천지회주의 질문에 영웅이 잠시 머뭇거리며 눈을 감았다.

그러더니 이내 눈을 뜨고 말했다.

"내가 잠시 뜸을 들여도 이해해 줘. 지금 내가 하는 설명 중에 부족하거나 모르는 부분은 나도 엘란족에게 물어보고 답하는 것이니까."

"네?"

"일단 질문에 대한 답을 해 주지. 그건 나도 잘 몰라서 물었더니 저쪽에서 이렇게 대답을 해 주더군. 나노 머신은 만능이 아니라고. 그저 그 생명체가 가진 잠재 능력을 최대한으로 끌어올릴 수 있도록 도와주는 역할이라는군. 그래야 제대로 된 테스트를 할 수 있다고."

"테스트요?"

"인간들의 잠재력을 어디까지 끌어낼 수 있는지에 대한 실험이라는군."

다들 영웅의 말에 황당한 표정을 지으며 바라보았다.

"그럼 저들이 각성자를 만든 이유가 뭡니까? 저희를 이렇게 만든 이유가 있을 것이 아닙니까? 잠재력 테스트까지 하는 이유는 그 무라트족이라는 것들과의 전쟁을 위해섭니까?"

"아니, 저들이 너희를 각성자로 만든 것은……. 사냥개가 필요해서다."

"네?"

이건 또 무슨 소린가.

사냥개라니.

"저들은 너희를 우주 전역에 퍼져 있는 홍익인간들을 잡기 위한 사냥개로 쓸 예정이었다는군. 그중에서도 홍익인간들의 왕! 그게 가장 큰 목적이래. 너희에게 주어지는 미션이나 웜홀 속 생태계들은 바로 그런 것을 염두에 두고 훈련을 시키는 것이었다는군."

상상을 초월하는 사실에 다들 말문이 막혔는지 다시 정적이 찾아왔다.

영웅은 저들이 정신을 추스를 수 있도록 가만히 기다려 주었다.

잠시간의 시간이 지나고 어느 정도 정신을 추슬렀는지 다시 입을 열기 시작했다.

"세, 세상 잘난 맛에 살았는데……. 그게 전부 외계인들의 농간이었다니."

"우와, 이렇게 충격적인 소식이라니……."

"그럼 대격변……. 대격변은 뭡니까? 보라색 웜홀은 뭐고, 화이트 웜홀은 또 뭡니까? 저들이 모든 것을 통제하는 것이라면 보라색 웜홀과 화이트 웜홀도 이유가 있을 것이 아닙니까."

천민우가 흥분한 목소리로 물었다.

"보라색 웜홀은 저들이 만들려는 웜홀의 실패작이다."

"실패작이요?"

"웜홀을 만드는 이유에 너희를 훈련시키고 적응시키는 것도 있지만, 다른 이유로는 홍익인간들을 추적하기 위함이다. 그들이 창조해 낸 차원을 연결하기 위함이지. 하지만 기술적인 한계로 번번이 실패했고, 어쩌다가 다른 차원과 연결이 되었는데 불안정했지. 그것이 바로 보라색 웜홀이다. 웜홀은 홍익인간족이 만든 다른 차원에 존재하는 생명체 중에 가장 강력한 생명체가 있는 곳에서 반응한 것일 테고 그 생명체는 그 불안정한 웜홀로 인해 이쪽 세상으로 빨려 들어온 것이다."

이제야 보라색 웜홀의 정체를 알게 된 사람들.

왜 보라색 웜홀 속에서 나온 생명체는 그렇게 강하고 또 잡아도 아이템을 떨구지 않는 이유를 알게 된 것이다.

자신들이 잘 알고 있는 웜홀은 말 그대로 만들어진 가상의 세상이었던 것이다.

하지만 보라색 웜홀 속 세상은 만들어진 세상이 아니라 진짜로 존재하는 세상이었기에 지금까지 보지 못했던 엄청난 괴물들이 등장한 것이었다.

"그럼 화이트 웜홀은요?"

"화이트 웜홀이 저들이 원하는 바로 그 웜홀이다. 다른 세상에 완벽하게 연결되어 있지. 물론, 그것도 완벽한 상태가 아니다. 저쪽 세상에 또 다른 내가 죽는 그 순간에 맞춰 이동할 수 있어서, 만약 저쪽 세상에 또 다른 내가 이미 죽어 사라졌다면 갈 수 없는 것이지."

"그럼 그 화이트 웜홀을 연구하면 되는 것이 아닙니까?"

"아니, 저들은 화이트 웜홀의 존재를 몰랐어."

"네? 그게 무슨 말입니까?"

"화이트 웜홀은 버려진 나노 머신들, 그러니까 수명이 다한 나노 머신들이 모여 만든 웜홀이다. 사실 정확한 이유는 나도 잘 몰라. 나도 전부 들은 내용이니까. 한 가지 추측은 나노 머신에게 주어진 사명이 다른 차원으로 가는 웜홀을 제대로 여는 것이었으니 마지막에 소멸하면서 그 염원이 모여 만들어진 것이 아닐까 하는 추측일 뿐이야."

"그래서 일반적인 방법으로는 입장이 불가능했던 것이군요."

이제야 그동안 밝히기 위해 노력했었던 현상들의 원인들을 알게 된 것이다.

여러모로 충격적인 사실들을 들어서인지 방 안의 분위기가 축 가라앉아 있었다.

"그렇다면 그 엘란족은 왜 주군 앞에 모습을 드러낸 것입니까? 주군께서 하신 말씀대로라면 저희의 적이 아닙니까?"

"아니야. 그들 역시 무라트족에 잡혀 어쩔 수 없이 움직이고 있을 뿐이야. 우리의 적은 저들이 아니라 무라트족이지."

"적의 적은 동지라는 소리군요."

"그렇지."

"그들을 이길 수 있으십니까?"

연준혁이 심각한 표정으로 물어 오자 영웅이 입가에 미소를 지으며 말했다.

"당연하지. 사실 한 놈 잡아서 쥐어 패 봤는데 별거 아니더라고."

영웅의 말에 심각했던 방 안 분위기가 순식간에 밝아졌다. 우주 최강의 종족에 대한 두려움이 가득했는데 영웅이 별거 아니라는 식으로 대답하자 안심이 된 것이다.

"저, 저는 주군을 믿었습니다!"

"맞습니다! 그 사실을 잊고 있었네요. 저희에겐 주군이 계신다는 사실을요."

다시 밝아진 분위기 속에서 연준혁이 물었다.

"이런 이야기를 저희에게 하시는 이유가 있으십니까?"

"응, 사실 내가 이제 좀 바빠질 것 같아. 뭔가를 찾으러 돌아다녀야 하거든."

"저희도 돕겠습니다!"

"아니야. 오직 나만 찾을 수 있는 것들이야. 내가 아까 말했지? 너희를 창조한 초월자들의 왕이라고. 내가 무라트족이 찾는 바로 그 홍익인간족의 왕이야. 나는 그 왕이 되기 위해 필요한 신기를 모아야 하고."

"주, 주군은 인간이라고 하셨잖아요? 그런데 그들의 왕이라니요?"

"이제야 제대로 반응을 해 주네. 아까는 신이라고 알아서 해석하더니."

"죄, 죄송합니다. 그, 모든 게 갑작스러워서……."

"이해해. 나라도 그랬을 테니. 나도 잘 모르겠어. 그들이 창조해 낸 인간 중에 아주아주 희박한 확률로 특이한 인간이 나타나는데 그게 바로 자신들의 왕이라는 거야. 그게 바로 나고."

환한 미소를 지으며 손가락으로 자신을 가리키는 영웅이었다.

하지만 사람들의 반응은 달랐다.

다들 울먹이는 표정으로 영웅을 바라보고 있었다.

"뭐야? 왜 이래? 다들 왜 그런 눈으로 날 봐?"

"주, 주군. 호, 홍익인간들의 와, 왕이라면 그들에게 가는 것입니까?"

"주군을 더는 보지 못하는 것입니까?"

"저는 주군을 따르겠습니다! 인간을 포기해도 좋으니 주군 곁에 있겠습니다!"

"저도 주군을 따르겠습니다!"

"제가 죽을 곳은 주군의 곁입니다!"

다들 울먹이는 이유를 알게 된 영웅이 미소를 지으며 말했다.

"내가 가긴 어디를 간다고 그래. 여기가 내 집이고 내 고향인데. 절대로 안 가니까 걱정하지 마라."

"정말이십니까?"

"내가 언제 거짓을 말한 적이 있어?"

"아, 아닙니다! 주군께선 항상 옳은 말씀만 하셨습니다!"

"그래, 나는 지구인이고 인간이다. 그리고 너희는 내 소중한 가족이고."

가족.

영웅의 입에서 나온 저 말에 결국 그곳에 있는 무신천 사람들이 눈물을 흘리고 말았다.

영웅은 눈물을 흘리는 이들에게 다가가 한 사람, 한 사람을 따뜻한 미소와 함께 포옹해 주며 등을 두드려 주었다.

그렇게 잠시간의 시간이 흐르고.

"이제 다들 진정되었어?"

"하하, 그렇습니다."

"주군께서 저희 곁에 계셔 주신다는데 더 걱정할 것이 뭐가 있습니까."

"저희를 모은 이유는 단지 현재 상황을 설명하기 위함이셨습니까?"

"응, 앞으로 벌어질 상황에 당황하지 말라고 미리 알려 주는 거야. 내가 자주 자리를 비워야 하니 그것도 생각하고. 그리고 소개해 줄 사람들도 있고 말이지."

"소개요?"

"응, 일단 이곳으로 그들을 부르지."

다들 영웅이 소개해 준다는 사람에 대한 호기심에 눈을 반짝이며 기다렸다.

품속에서 청동거울을 꺼낸 영웅은 그것에 기운을 불어 넣었다.

그러자 잠시 후.

영웅의 옆에 다른 웜홀과는 다른 무지개색의 웜홀이 생성되더니 이내 세 사람이 그곳에서 튀어나왔다.

바로 홍익인간족의 재상인 흑치상과 무라트족인 베스파, 그리고 홍익인간족에게 특별한 능력을 부여받은 각성 인간 블레스였다.

그들은 그곳에 등장하자마자 영웅을 향해 엎드리며 우렁찬 목소리로 외쳤다.

"폐하! 신 흑치상 폐하의 부르심을 받고 왔나이다!"

"시, 신, 베스파 폐, 폐하의 부르심을 받고 왔습니다."

"신! 블레스! 폐하의 부름을 받고 왔습니다!"

한 명은 관록이 넘치는 목소리로 구성지게 외쳤고 한 명은 많이 어색한 목소리로 외쳤다.

마지막 한 명은 정말 자신이 낼 수 있는 목소리를 모두 쥐어짜 내어 외치고 있었다.

특히 블레스의 모습을 본 무신천의 사람들은 본능적으로 느꼈다.

강적의 등장이라는 것을 말이다.

-저놈 주군에 대한 충성심이 장난 아닌데요?

-눈빛부터가 진짜다. 아주 그냥 활활 타오르다 못해 다 녹이겠다.

-저 정도면 광신도인데요? 질 순 없죠! 저도 오늘부터 주군에 대한 열정을 불태우렵니다!

다들 블레스를 보며 경계하고 동시에 그를 보며 의지를 불태우기 시작했다.

지구의 무신천과 흑치상 일행과 만남을 주선한 영웅은 이들과 헤어진 후 곧바로 엘란족 카추에게 연락했다.

카추는 영웅의 연락을 받고 곧바로 지구로 날아왔다.

"무슨 일이 있으십니까?"

무중력 보행기 위에 몸을 맡긴 채 의아한 표정으로 영웅을 바라보다가 이내 방 안에 영웅뿐 아니라 다른 이들도 있는 것을 깨닫고는 표정을 굳혔다.

방 안에는 흑치상과 베스파, 그리고 블레스가 있었다.

그들을 바라보던 카추는 이내 베스파를 바라보고는 몸을
바르르 떨면서 그 자리에서 굳어 버렸다.

포식자 앞에 선 먹잇감이 된 모습 같아 보였다.

카추는 겨우겨우 힘을 내어 목소리를 내었다.

"저, 저자는……. 무, 무라트족?"

"맞습니다."

아니길 바라면서 물었는데 돌아오는 답변은 그것이 아니
었다.

카추의 고개가 눈에 보이지도 않을 정도로 세차게 돌아 영
웅을 향했다.

"서, 설마……. 저를 팔아넘긴 것입니까?"

카추의 동공이 세차게 흔들리고 있었다. 그의 눈빛은 영웅
이 자신을 팔아넘겼다고 생각하고 있는 것처럼 보였다.

그에 영웅이 고개를 저으며 말했다.

"아닙니다. 제가 카추 님을 왜 팔아넘깁니까. 오해입니
다."

"그, 그럼 저, 저자가 왜 여기에?"

"제 수하니까요."

"네?"

카추가 정말로 놀란 표정으로 되물었고 영웅은 다시 한번
대답해 주었다.

"저놈이 제 수하라고요."

"마, 말도 안 됩니다! 아시지 않습니까! 그때 전투력을 측정했을 때 여, 영웅님의 초, 초인력은 5천만이었습니다!"

"아, 그때 가져온 그 기계에 문제가 있나 보더라고요."

"무, 문제라니?"

"네, 무라트족이 가지고 있는 최신형 초인력 측정기에는 제 전투력이 2백억이 넘는 것으로 나오더군요."

영웅의 말에 카추가 기겁했고, 그에 카추의 몸을 싣고 있는 무중력 보행기가 그에 반응하여 뒤로 밀려 났다.

"2, 2백억이요?"

"네."

"그, 그게 말이 됩니까? 저, 저들이 족장도 10억을 겨우 넘기는데 2백억이라니…… 그, 그럼 설마 저자를 힘으로 제압하신 것입니까?"

카추의 물음에 영웅이 고개를 끄덕이며 베스파에게 이리 오라고 손가락을 까닥였다.

그에 베스파가 조금의 머뭇거림도 없이 신속하게 영웅 앞으로 이동해 부동자세를 한 채 서 있었다.

그 모습을 황당한 표정으로 바라보는 카추였다.

"지, 진짜요? 진짜로…… 저자를 힘으로 제압……"

너무 놀라서 말을 잇지 못하는 카추였다.

그런 카추에게 다가가 영웅은 자신의 기운을 불어 넣어 주었다.

그러자 조금 진정이 된 모습으로 정신을 추스르는 카추였다.

　　그렇게 잠시 동안 말없이 있다가 긴 한숨을 내뱉고는 영웅을 바라보았다.

　　"죄송합니다. 너, 너무 놀라서 그만."

　　"이해합니다."

　　우주 최강의 종족이라는 무라트족이었다.

　　거기에 지금 그 종족에 지배를 당해 온갖 수모를 당하는 중이 아니던가.

　　놀라지 않는 것이 더 이상한 일이었다.

　　"감사합니다. 그럼 무라트족을 소개하기 위해 저를 부르신 것입니까?"

　　"뭐 그것도 있고 홍익인간족도 소개해 주기 위해 부른 것도 있지요."

　　영웅의 말에 카추는 곧바로 흑치상을 바라보았다.

　　"기운이 심상치 않더라니, 역시 홍익인간족이 맞았군요."

　　"저건 안 놀라시네요?"

　　"저들은 저희 종족의 적도 아니고 공포의 대상도 아니니까요."

　　카추의 말에 흑치상이 한 발 앞으로 나서며 고개를 숙여 인사를 했다.

　　"우리 폐하를 일깨워 주시고 저희에게 보내 주신 은혜를 갚을 길이 없습니다. 이 몸 힘닿는 데까지 엘란족을 도와 해방이 될 수 있도록 힘쓰겠습니다."

"말씀만으로도 감사합니다. 저희도 다 목적이 있어서 도왔을 뿐입니다. 그런 감사 인사는 부담스럽습니다."

둘은 그 뒤로도 한참 동안 서로에게 덕담을 주고받았다.

영웅이 말릴 때까지 말이다.

"자 자, 이제 그만하고 앞으로의 계획에 관해 이야기하시죠."

영웅의 말에 카추가 다시 몸을 돌려 영웅을 바라보며 진중한 표정을 지었다.

"말씀하시지요."

"일단, 가장 먼저 달 기지에 있는 무라트족부터 정리할 생각입니다."

"네? 그, 그럼 저들의 본진에 그것이 알려질 텐데요? 물론 영웅 님의 힘이 강한 것은 알고 있지만, 저들이 미쳐 날뛰어 이곳 지구를 통째로 날려 버릴 수도 있습니다. 그것까지 막을 수 있겠습니까?"

"본진에 못 알리게 해야죠. 저도 저들에게 알려지는 것은 원치 않습니다."

"네? 그건 또 무슨 말씀이신지? 어찌 못 알리게 한다는 말입니까?"

"생각해 둔 방법이 있습니다. 그리고 저들에게 알려지면

우르르 몰려올 것이고 그러면 제가 어쩔 수 없이 한 방에 정리해야 하잖아요. 그럼 안 되죠."

"그게 무슨 말입니까?"

카추의 물음에 영웅이 한쪽 입꼬리를 올리며 말했다.

"그놈들도 당하는 처지가 되어 봐야죠. 쫓기는 처지, 사냥 당하는 처지를 말입니다."

그리고 더욱더 진하게 미소를 지으며 카추를 바라보았다.

카추는 영웅과 눈을 마주치고는 자신도 모르게 몸을 부르르 떨었다.

'이거⋯⋯. 무라트족을 피하다가 더한 위험을 끌어들인 것이 아닌지 모르겠군.'

하지만 이제 물러설 수 없었다.

그리고 영웅이 마지막에 한 말은 그에게 묘한 흥분을 주었다. 그토록 자신들을 괴롭히던 무라트족이 이제 역으로 쫓기는 신세가 된다니, 생각만 해도 짜릿했다.

'그래, 믿자. 홍익인간족의 심성을 믿자!'

카추는 자신의 표정이 시시각각 변하고 있음을 깨닫지 못한 채 열심히 생각하고 있었다.

그 모습에 영웅이 웃었다.

무슨 생각을 하는지 표정에서 다 보이는 탓이었다.

그렇게 한참을 고민하더니 이내 마음을 정했는지 후련한 표정으로 영웅을 바라보며 말했다.

"말만 들어도 통쾌합니다. 제가 무엇을 도와드릴까요?"

"일단 달 기지에 있는 무라트족을 한곳에 모을 수 있나요?"

"네, 제가 직접 그들을 모을 수는 없지만, 달에 한 번 무라트족이 모두 모여 실전 대련을 합니다."

"그게 언제죠?"

영웅의 질문에 카추가 잠시 생각을 하고는 말했다.

"지구상의 시간으로 다음 주 월요일이겠군요."

"그럼 그때 제가 그리로 가죠."

"오신다고요? 서, 설마? 그들을 제압하시기 위해?"

"맞습니다. 일단 모조리 제압해 둬야죠. 바로 머리 위에 적이 있다니 영 거슬려서 말이죠."

"가능하겠습니까?"

카추의 질문에 영웅이 베스파를 바라보았다.

그러자 베스파가 기다렸다는 듯이 목청껏 대답했다.

"네! 가능하십니다! 무라트족의 정예들이 모두 몰려와도 폐하를 어찌하지 못합니다!"

"들었죠?"

카추는 영웅과 베스파를 번갈아 보며 잠시 고민했다.

생각보다 빨리 종족의 미래를 결정해야 할 순간이 온 것이다.

이 도박이 실패하면 우주에서 더 이상 엘란족은 존재할 수 없을 것이다.

한참을 고민하던 카추가 결심했는지 고개를 끄덕였다.

"알겠습니다. 그때에 맞춰 저희 종족들을 대피시켜 두겠습니다."

"그럼 다음 주에 뵙죠."

자신감 넘치는 영웅의 모습에 불안했던 마음이 조금은 사라지는 것을 느낀 카추였다.

'그래, 믿자. 믿어 보자!'

시간을 흘러 월요일이 다가왔다.

영웅은 달 뒤편으로 순간 이동을 한 뒤에 자신의 몸을 투명화하고 천천히 카추가 말한 달 기지 안으로 향했다.

혹시 모를 지구인들의 발견을 막기 위해 기지 전체에 걸쳐 펼친 홀로그램을 뚫고 들어가니 어둠을 환하게 밝히고 있는 거대한 기지가 눈에 들어왔다.

기지의 모습은 거대한 유리 돔 안에 작은 지구가 있는 것처럼 푸르른 모습을 하고 있었다.

크기는 얼추 봤을 때 대략 미국 크기 정도 되어 보였다.

멀리서 보기엔 지상낙원으로 보이기까지 했다.

하지만 그것을 즐기는 것은 기지 안에 존재하는 무라트족

뿐이었다. 엘란족은 그저 무라트족이 편안하게 지낼 수 있게 해 주는 하인일 뿐이었다.

평온한 삶이 너무 길었던 것일까?

기지 안에 존재하는 무라트족은 엘란족이 무엇을 하든 딱히 신경을 쓰지 않는 눈치였다.

원래였다면 저들이 다른 짓을 하지 못하게 감시하고 억압해야 했지만, 오래된 평온이 그들의 마음마저 평온하게 만든 것이다.

그 덕에 엘란족은 그나마 편안한 삶을 살 수 있었다. 다만, 이 평화가 언제까지 지속될지 몰랐기에 불안한 마음 또한 가슴 한쪽에 안고 살아가고 있었다.

카추가 이들의 눈을 피해 영웅을 만날 수 있었던 것도 이들을 감시하는 임무를 맡은 무라트족의 기강이 해이해져 있었기에 가능했다.

이렇게 평온한 삶을 살고 있는 무라트족의 신경이 예민해지는 날이 있었다.

바로 그들의 오랜 전통인 실전 대련을 하는 날이다.

무라트족은 전투에 특화된 종족이다.

이들은 전투를 누구보다 좋아했고, 누구보다 그것을 즐겼다.

하지만 이곳은 전투를 자유롭게 할 수 있는 환경이 아니었다. 그렇다고 전투는 젬병인 엘란족을 상대하자니 갈증이 해

소되지 않았다.

가끔 지구로 내려가 각성자들을 상대로 싸우고 싶었지만, 그것도 불가능했다.

그래서 자신들의 목마름을 해결하기 위해 정한 것이 바로 이 실전 대련이었다.

마음 같아선 매일같이 전투를 하고 싶지만, 환경이 허락하지 않으니 한 달에 한 번 이렇게 모여 그동안의 갈증을 푸는 것이었다.

이들이 실전 대련을 하는 장소는 엘란족이 모든 기술력을 동원하여 만들었다.

무라트족의 힘을 감당할 수 있어야 했기에, 우주에서 가장 단단한 금속 중 하나인 오리할콘. 그것을 주재료로 한 나노 머신으로 만든 공간이었다.

가장 큰 장점은 파괴가 된 곳을 곧바로 다른 나노 머신으로 복구할 수 있다는 것이다.

모두 이날만을 기다려 왔는지 다들 상기된 표정으로 대련 장소로 이동하고 있었다.

영웅도 그들 사이에 끼어 안으로 들어갔다.

대련장 안은 이미 들어온 무라트족의 엄청난 투기로 가득 차 있었고 언제든 시비만 걸리면 곧바로 싸움이 일어날 기세였다.

이날만큼은 서로 간에 시비가 걸려 싸워도 문제없었다.

다만 그게 단순한 싸움이 아닌 대련으로 풀어야 하는 점이 달랐지만, 그래도 실전이나 다름없는 대련이었기에 다들 큰 불만은 없었다.

평소에 불만을 품고 있던 자들끼리 먼저 대련을 시작했고, 이내 그들을 응원하는 무라트족의 함성이 그곳을 가득 메웠다.

영웅은 일단 그들의 대련을 감상하기로 하고 한쪽에 앉아 느긋하게 그들의 대련을 지켜보았다.

우주 최강의 종족답게 엄청난 위력의 공격이 서로를 향했고, 서로가 맞부딪칠 때마다 엄청난 파동이 대련장을 휩쓸고 지나갔다.

거기에 평소 불만이 쌓여 있던 상대라 죽일 듯이 달려들었기에 더더욱 박진감이 넘쳐흐르고 있었다.

죽일 듯한 공격을 맞은 상대방이 고통스러워하며 날아갔고, 그때마다 무라트족의 함성은 더욱더 커졌다.

피가 대련장 바닥에 흩뿌려질 때마다 그곳의 열기는 오히려 점점 더 뜨거워졌다.

영웅은 그런 그들의 기운을 느끼며 고개를 절레절레 흔들었다.

'지구의 각성자들은 아예 상대도 안 되는군. 이들이 마음먹고 지구를 정복하려 했다면 하루도 안 걸렸겠네.'

지구의 레전드급 각성자도 지금 저기에서 대련하고 있는

무라트족에게 상대가 되질 않는다.

괜히 우주 최강의 종족이 아니었다.

오죽했으면 창조의 능력이라는 신급 능력을 지닌 홍익인간족과 우주에서 가장 똑똑하다는 종족인 엘란족이 이들에게 당했을까.

압도적인 힘 앞에선 그 어떤 것도 소용이 없다는 것을 보여 주고 있었다.

지금까진 자신들의 이 압도적인 힘으로 우주에서 당당하게 활개 치며 살아왔다.

두려움이라는 것이 없는 종족.

그것이 바로 무라트족이었다.

그러나 오늘, 이들은 자신들의 운명이 바뀌게 된다는 것을 알지 못했다.

무라트족의 살벌한 대련을 한참 동안 바라보던 영웅은 카추에게 통신했다.

-이곳을 확실하게 봉쇄하세요.

-아, 알겠습니다. 그 어떤 전파도, 사람도 그곳에서 나오지 못하도록 하겠습니다.

엘란족은 뛰어난 두뇌를 지닌 종족이었다.

이곳에서 자신들을 감시하는 무라트족을 이기진 못해도 그들을 가두는 것은 가능했다.

엘란족이 두려워하는 것은 자신들의 능력으로도 감당이

안 되는 무라트족의 정예들뿐이었다.

무라트족의 정예들은 엘란족의 기술로도 막을 수 없는 존재들이었다. 그들 외에 다른 무라트족은 엘란족의 기술력으로 충분히 커버할 수 있었다.

그런데도 이들에게 꼼짝할 수 없는 이유는 무라트족 정예들의 보복이 두려웠기 때문이었다.

카추는 무라트족이 모두 모여 있는 대련장을 차단하기 전에 잠깐 머뭇거렸다.

하지만 이내 눈을 질끈 감고 대련장을 외부와 완전히 단절시켜 버렸다.

그가 한 행동은 대련장을 감싸고 있는 나노 머신에게 명령을 내린 것이 전부였다.

대련장 자체를 완전히 막고 그 무엇도 그곳에서 빠져나가지 못하게 막으라는 명령.

그에 대련장을 감싸고 있던 나노 머신들이 일제히 기체를 강화하기 시작했고 그 소리가 대련장 전체에 울려 퍼지기 시작했다.

하지만 무라트족은 대련장의 타오르는 열기와 함성에 대련장 전체에 울려 퍼지는 이상한 소리를 듣지 못했다.

그들은 지금 자신들의 눈앞에서 펼쳐지는 실전 대련에 모든 정신이 쏠려 있는 상태였다.

쿠아아아아- 쩌정- 콰아앙-!

그 순간 무라트족의 한 명이 상대방의 기술에 멀찍이 날아가 처박힌 채 쓰러졌다.

그 모습에 다들 환호성을 질렀고 승자는 손을 높이 치켜들며 그 환호를 즐겼다.

아무도 날아간 상대가 부딪힌 벽이 전과는 달리 멀쩡하다는 사실을 눈치채지 못하고 있었다.

일부가 고개를 갸우뚱하기는 했지만 이내 더 튼튼하게 만들었나 보다 생각하며 관심에서 지웠다.

그저 다들 승리해서 포효를 하는 저 무라트족의 다음 상대가 누구일까에만 관심이 있었다.

"자! 다음 내 상대는 누구냐! 누구든지 나와!"

이곳에 존재하는 무라트족의 수는 대략 1백여 명.

이들 전부가 실전 대련을 하는 것은 아닌 모양이었다.

처음에 실전 대련이 시작되고 승자가 계속 다음 상대와 싸우는 형식인 것 같았다.

전투를 할 때마다 오히려 더 활기가 넘치는 종족이었기에 가능한 대련 방식이었다.

다음 상대가 앞으로 나서려는 그때, 갑자기 어디선가 나타난 누군가가 선두를 치고 대련장으로 올라가기 시작했다.

"뭐야? 저건?"

"언제 나타났지?"

"글쎄? 그나저나 저놈 누구야? 알아?"

"그러게? 처음 보는 놈인데? 그보다…… 종족 자체가 우리 쪽이 아닌데?"

"어? 그러네? 덩치도 쬐깐하고 근육도 없고……. 무엇보다 곱상하게 생겼네?"

"지구인들이 저렇게 생겼는데?"

"지구인? 지구인이 이곳에 어떻게 와. 말이 되는 소릴 해야지."

"그냥 그렇게 생겼다는 거지."

대련장 계단에 모습을 드러내고 천천히 올라가는 사람은 바로 영웅이었다.

투명화를 풀고 대련장으로 걸어 올라가는 중이었기에 다들 영웅이 갑자기 나타났다고 착각한 것이다.

금방이라도 터질 것 같은 근육질 몸매에 2m가 넘는 크기의 덩치, 거기에 우락부락하게 생긴 얼굴.

이것이 무라트족의 특징이었다.

반면, 영웅은 호리호리한 몸매에 백옥 같은 피부와 미남형 얼굴을 하고 있었다.

누가 봐도 이곳을 가득 메운 무라트족과 비교되는 모습이었다.

대련장에 있던 무라트족은 자신을 향해 천천히 걸어오는 영웅을 보며 고개를 갸웃거리고는 물었다.

"넌 뭐야? 다른 행성에서 잡아 온 노예인가? 정신이 나간 건가?"

대련장 위의 무라트족이 질문을 해도 영웅은 아무런 말 없이 그를 향해 걸어갈 뿐이었다.

"기분 잡치게 진짜. 이 신성한 대련장에 노예 새끼 피를 뿌릴 순 없지."

대련장 위의 무라트족이 영웅을 바깥으로 내던지기 위해 몸을 움직였다.

"크하하! 밑으로 던져라! 우리가 알아서 처리해 줄 테니!"

"맞다! 신성한 대련장에 올라가다니 겁대가리를 상실한 벌레 새끼구나!"

다들 이 장면을 잠시 쉬어 가는 유흥이라고 생각하며 즐기고 있었다.

후웅—!

혹시라도 너무 힘을 주면 신성한 대련장에 건방진 놈의 피가 떨어질까 싶어 권풍으로 대련장 밖으로 날리려 했다.

하지만 여전히 무라트족을 향해 걸어가는 영웅이었다.

"어?"

그 순간 뭔가 이상함을 느꼈지만 이내 그럴 리 없다는 생각과 함께 조금 더 힘을 주어 권풍을 날렸다.

후앙—!

아까보다 더 강한 위력의 권풍이 영웅을 향해 날아갔지만, 영웅은 날아가지 않았다.

"어어?"

이번엔 나름 힘을 주어 권풍을 날렸음에도 별다른 변화가 없는 영웅을 보며 당황하는 무라트족이었다.

"푸하하! 대련하느라 힘이 빠졌냐? 저 비실거리는 몸 하나를 못 날리네."

"힘들면 내려와, 인마! 내가 올라갈 테니까!"

아래에서는 그저 즐거운지 웃고 떠들면서 이 상황을 즐기고 있었다.

하지만 영웅을 직접적으로 경험하고 있는 대련장 위의 무라트족은 아니었다.

"으득! 제법 한 수가 있다 이거지? 오냐!"

웅웅웅—!

자존심이 상했는지 주먹 주변으로 파동이 일어나며 울릴 정도로 기를 모으는 무라트족이었다.

"어어? 저거 진심인데?"

떨림이 아래에 있는 관중석까지 전해졌는지 이내 그곳에 있는 무라트족이 일제히 집중하기 시작했다.

"야! 그러다가 터지면 피 묻어!"

"신성한 대련장을 저딴 놈의 피로 더럽힐 생각이냐?"

"우우우! 멈춰라!"

다른 무라트족의 야유에도 아랑곳하지 않고 영웅을 노려보며 주먹에 기를 모았다.

"이것도 버텨 봐라!"

파아아앙-!

거대한 풍선이 터지는 것 같은 소리와 함께 엄청난 기운이 압축된 권풍이 영웅을 향해 날아갔다.

무라트족은 이제 영웅의 몸이 풍선 터지듯이 터지면서 대련장을 더럽힐 거라고 생각했다.

하지만 그것은 그들의 착각이었다.

여전히 멀쩡한 모습으로 생글거리며 웃고 있는 영웅이 눈앞에 있었다.

"마침 더웠는데 시원하군. 손님 접대가 제법이네."

"뭐? 그, 그것도 버틴다고?"

"버틴다는 표현은 바른 표현이 아닌 거 같은데? 이런 경우는 본인의 공격이 무용지물이라고 해야 올바른 표현인 것 같은데."

카추가 전해 준 번역 머신이 아주 충실하게 저들과 대화할 수 있도록 도와주고 있었다.

영웅의 말에 대련장 위의 무라트족뿐 아니라 관중석에 있는 무라트족까지 당황스러운 표정으로 영웅을 바라보았다.

대련장 위에 있는 무라트족이 조금 전에 기를 모아 쏜 권풍은 절대로 저렇게 아무렇지 않게 넘길 수 있는 수준이 아니었다.

그런데도 저기 서 있는 비리비리한 정체불명의 생명체가

그것을 아무런 피해 없이 버틴 것이다.

잠시 멍한 표정을 지어 보이던 대련장 위의 무라트족이 인상을 굳히고는 영웅을 죽일 듯이 노려보며 말했다.

"으드득! 오냐! 죽고 싶어서 여기로 기어들어 온 모양인데, 그게 소원이라면 내가 들어주지."

파앗-!

말이 끝나기가 무섭게 모든 것을 박살 낼 기세로 영웅을 향해 돌진했다.

떠엉-!

무라트족의 강철 같은 신체가 영웅과 맞부딪쳤고, 누군가가 그 충격에 뒤로 튕겨 나갔다.

쿠당탕탕-!

바로 돌진했던 무라트족이 튕겨 나간 것이다.

그는 바닥에서 멍한 얼굴로 지금 이게 무슨 상황인지 파악을 못 하는 눈치였다.

이내 자신이 왜 바닥에 있는지 고개를 두리번거리며 다시 영웅을 바라보았다.

멍한 얼굴로 자신을 바라보자 영웅이 미소를 지으며 한마디 했다.

"뭐야? 지가 돌진하고 지가 나자빠지네? 너 약골이구나?"

무라트족에게 절대 해서는 안 될 단어들이 있었다.

그중에서도 이들을 가장 자극하는 단어.

약골이라는 소리.

이건 이들에게 가장 큰 모욕이었다.

"크으으윽! 뭐, 뭐라고? 야, 약골? 약고올?"

엄청난 충격을 받았는지 부들거리는 무라트족이었다.

"으드득! 이게 진짜 내 모습이다! 종족 진화 1단!"

후우웅—!

기의 회오리가 무라트족의 몸을 감싸며 휘몰아쳤고 그의 몸에서 비늘들이 솟아나기 시작했다.

근육들은 더욱더 단단해지고 덩치도 더 커진 모습으로 바뀌고 있었다.

하지만 이미 베스파를 통해 경험했기에 무덤덤한 모습으로 그것을 바라보는 영웅이었다.

무라트족은 그런 영웅을 보며 두려움에 몸이 굳었다고 착각했다.

"이제야 두려움을 느끼는 것이냐? 늦었다!"

슈팍—!

순식간에 영웅의 앞으로 고속 이동을 한 뒤 곧바로 그의 턱을 향해 주먹을 날리는 무라트족이었다.

이대로 머리를 산산이 박살 낼 심산이었다.

터억—!

하지만 맹렬한 기세로 솟구치던 무라트족의 주먹은 자신의 목적을 달성하지 못하고 영웅의 손에 잡히고 말았다.

무라트족은 자신의 공격을 너무도 쉽게 막은 것을 보고 놀라고 있었다. 영웅은 그런 무라트족을 바라보며 손목에 살짝힘을 주었다.

꾸욱-!

"끄윽!"

자신도 모르게 앓는 소리를 내고선 화들짝 놀란 무라트족.

여기서 신음까지 낸다면 자존심이 박살 날 것 같았다.

무라트족이 영웅의 손아귀에서 벗어나기 위해 눈에 기운을 모아 영웅을 향해 발사했다.

쯔앙-!

퍼억-!

영웅의 얼굴에 광선을 제대로 맞혔는데도, 그는 아무렇지 않은 표정으로 무라트족을 바라볼 뿐이었다.

그것을 본 무라트족은 자신이 지금 악몽을 꾸고 있는 것이 아닌가 생각했다.

그러는 와중에 손목에서 오는 고통은 점점 더 심해지고 있었다.

"끄으윽!"

결국, 입에서 신음이 새어 나왔고 자신도 모르게 고통 때문에 무릎을 꿇고 말았다.

이 광경을 모두 지켜보던 관중석은 혼란에 빠졌다.

"뭐야? 진짜야? 진짜로 저 비실이한테 당한다고?"

"심지어 종족 진화 1단이야! 종족 진화를 했음에도 당하고 있다고!"

"놀리는 거지? 우리를 가지고 장난할 생각이면 당장 그만둬라!"

다들 웅성거리고 있을 때, 대련장에서 찰진 소리가 들려왔다.

쫘악-!

털썩-!

대련장 위에 있던 무라트족이 영웅에게 뺨을 얻어맞는 소리였다.

싸다구 한 방에 그대로 기절해 버린 무라트족.

순간적으로 정적이 찾아왔다.

다들 지금 눈앞에 펼쳐진 황당한 광경이 정말 사실인지 파악하려 애쓰는 표정들이었다.

그런 그들을 영웅이 둘러보며 입을 열었다.

"나는 지구에서 온 인간이다. 여기에 우리를 지켜보는 변태들이 있다고 해서 보러 왔다. 그런데 변태들치곤 약하네."

지구에서 온 인간이라는 소리에 다시 한번 정적이 찾아왔다.

그리고 이내 분노의 목소리가 여기저기서 터져 나오기 시작했다.

"뭐야? 역시 지구인 맞잖아!"

"저 새끼가 방금 뭐라고 한 거냐? 우리더러 약하다고 한 거냐?"

"네놈의 사지를 찢어 버리고 지구에 있는 모든 인간을 도륙해 주마!"

영웅은 그들이 하는 이야기를 듣고는 입꼬리를 올리며 비웃는 표정으로 말했다.

"말이 많네. 원래 겁이 많은 개들이 짖는 법이지. 아! 물론 개는 너희고. 다 덤벼. 인간의 위대함을 보여 주지."

"으드득! 지구에서 온 각성자인가 본데 네놈이 이곳에 있다는 것은 이 빌어먹을 엘란족 놈들이 무언가를 꾸몄다는 이야기겠지?"

"오! 너는 좀 똑똑하네. 그래, 약하면 머리라도 굴릴 줄 알아야 이 험한 우주에서 살아남지."

"그놈의 주둥아리부터 찢어발겨 주마!"

파앗-!

"파이널 익스팅션!"

쿠아아아아-!

허공 높이 뛰어올라 영웅이 있는 방향으로 거대한 기의 구체를 날려 버리는 무라트족이었다.

그 공격에 주변에 있던 무라트족들이 혼비백산하며 사방으로 흩어졌다.

"으아아악! 다, 단장님! 갑자기 그렇게 공격을 하시면 어쩝니까!"

"으아악! 피해라!"

영웅의 도발에 분노해 앞장서 공격을 한 무라트족의 정체가 이들을 이끄는 단장인 모양이었다.

영웅은 단장의 공격을 가만히 지켜보다가 손을 뻗었다.

"저것도 흡수가 되려나?"

터덩-.

영웅의 말이 끝남과 동시에 자신을 향해 날아오던 거대한 구체가 그대로 정지했다.

이내 구체는 블랙홀에 빨려 들어가는 행성처럼 영웅의 손바닥으로 소용돌이치듯이 빨려 들어가기 시작했다.

후우우우웅-!

"억! 저, 저게 뭐야?"

"다, 단장의 공격을 흡수한다고?"

"미친! 저걸 흡수한다고? 우리 종족의 정예들도 못 하는 일이야!"

"저런 능력을 갖춘 각성자가 있었나?"

"엘란족 놈들이 준비한 특별한 놈인 것 같다! 이놈들이 단단히 준비한 모양이야!"

무라트족은 생전 처음 보는 광경에 다들 경악을 금치 못하며 웅성거리기 시작했다.

단장 역시 당황한 표정으로 자신의 공격이 빨려 들어가는 것을 지켜보았다.

"이, 이게 무슨……?"

절대로 지구인을 만만하게 보고 날린 기술이 아니었다.

이곳에 있는 무라트족 그 누구도 막을 수 없는 회심의 기술을 날린 것이다.

그런데 지금 그것을 너무도 태연하게 간식 먹듯이 흡수하고 있었다.

단장이 크게 당황하는 사이, 쏘아 보낸 기의 구체는 순식간에 영웅에게 흡수되어 사라졌다.

"제법 맛있네."

"뭐?"

단장은 이어지는 영웅의 말에 황당한 표정으로 바뀌었다가 이내 다시 인상이 구겨지기 시작했다.

"엘란족 놈들이 뭔가 괜찮은 나노 머신을 만들어 냈나 보군. 우리의 기를 흡수할 수 있는 능력 뭐 그런 건가?"

"뭔가 착각을 하는 것 같은데 내 몸에는 나노 머신 그런 거 없어."

"내가 직접 네 몸을 갈라서 확인해 주마. 종족 진화 3단!"

"어? 3단?"

"크크큭! 우리의 종족 진화에 대해서 아는 모양이군. 하지만 늦었다!"

쿠와와와와―!

단장의 몸에서 폭풍 같은 기운이 치솟더니, 그의 몸을 감싸며 휘몰아치기 시작했다. 비늘이 돋아나던 1단이나 2단과는 달리 아무런 변화가 없었다.

그러나 단장의 몸에서 느껴지는 오라는 2단까지 진화했던 베스파와 비교할 바가 아니었다.

금방이라도 타오를 것 같은 눈빛으로 영웅을 노려보며 주먹을 불끈 쥔 단장의 모습이 순식간에 잔상을 남긴 채 사라졌다.

슈팟―!

잔상을 남기고 사라진 본체는 어느새 영웅을 향해 주먹을 날리고 있었다.

슉― 슈슉― 슉슉―!

퍼펑― 펑펑펑―!

주먹이 지나갈 때마다 섬광이 이는 듯한 착각과 함께 공기가 터져 나가는 소리가 울려 퍼졌다.

그러나 그런 섬뜩한 주먹도 상대방에게 맞지 못하면 의미가 없었다.

"겨우 그거야? 더 빠르게 해 봐."

영웅이 가볍게 피하며 단장을 약 올리고 있었다.

"으아아악! 이 빌어먹을 자식!"

단장은 분노하며 더욱더 속도를 올렸지만, 영웅의 몸에 닿지 않았다.

그런 단장을 보며 영웅이 말했다.

"진짜 빠름이란 말이야."

핏-!

쩌엉-!

"커헉!"

핏- 핏-!

쩌정-!

"끄어억!"

영웅은 가만히 서 있는데 단장의 몸이 요동을 치며 뒤로 물러났다.

피피핏-! 쩌저정-!

쿠당탕탕-!

연신 단장의 몸은 보이지 않는 무언가에 맞은 듯이 이리 휘고 저리 튕겨 나가고 있었다.

그 옆엔 그저 태연하게 산책하는 듯이 걷고 있는 영웅만이 있었다.

"끄어어억!"

고통스러워하는 단장을 바라보며 영웅이 나직하게 그에게만 들리도록 속삭였다.

"이런 거야."

초광속.

영웅의 주먹은 빛보다 빨랐다.

영웅은 그 엄청난 속도로 단장을 공격했다.

속도는 곧 힘.

그런 속도로 공격을 했으니 당연히 엄청난 타격이 갔을 것이다. 단장은 고통스러워하며 바닥에 주저앉았다.

당연히 그곳에 있는 그 누구도 영웅이 단장을 공격하는 것을 보지 못했고, 단장이 왜 저리 고통스러워하며 바닥에 쓰러지는지 그 이유를 아무도 알지 못했다.

고통스러워하며 숨을 컥컥거리는 단장의 주변을 영웅이 뒷짐을 진 채로 천천히 돌기 시작했다.

"겨우 이런 힘으로 우주 최강이니 뭐니 한 거야?"

그리 말하며 사방을 둘러보기 시작했다.

그 순간 영웅의 눈이 까맣게 변했다.

깊은 심연을 보는 것 같은 눈빛에 모든 무라트족이 자신들도 모르게 침을 꿀꺽 삼키며 그대로 굳었다.

몸을 움직이려고 애를 써 봤지만 생각과 달리 몸이 말을 듣지 않았고, 덥지도 않은데 몸에서 땀이 계속 흘러나오고 있었다.

고통스러워하는 단장을 구하고 저자를 단죄해야 하는데 그러면 안 된다는 마음이 자꾸 그들을 옭아매고 있었다.

자신들에게 이런 기분을 들게 하는 자들이 떠오른 무라트족이었다.

'족장님!'

그랬다.

이렇게 압도적으로 자신들에게 위압을 줄 수 있는 존재는 오로지 무라트족의 족장밖에 없었다.

그런데 오늘 족장에게서 느끼던 위압을 인간에게 느끼고 있었다.

"으아아악! 빌어먹을! 죽어!"

그중 한 명이 크게 고성을 외치며 자신이 느끼고 있는 공포를 극복해 내고는 영웅에게 달려들었다.

콰쾅-!

영웅은 자신에게 달려오는 무라트족을 주먹 한 방으로 제압해 버렸다. 공포를 극복하고 영웅에게 달려들었던 무라트족은 입에 거품을 문 채로 그 자리에서 기절해 버렸다.

맞으면 맞을수록 강해지는 종족인데 한 방에 제압을 당한 것이다.

"우, 우리의 신체 바, 방어력을 능가하는 파괴력을 지닌 인간이라고? 그, 그게 가능해?"

"지금 너도 봤잖아……. 우리 눈앞에 있는 거…….."

"단장도 못 일어나고 있잖아. 단장의 대미지 흡수력이면 지금 더더욱 강해져서 날뛰고 있어야 하는데……."

대미지를 힘으로 바꾸는 능력이 있음에도 전혀 손을 못 쓰고 있다는 소리다.

강하다.

영웅을 보며 모두가 느낀 기분이었다.

하지만 이렇게 넋 놓고 마냥 있을 수는 없었다.

우주 최강의 종족인 무라트족의 단장이 저 괴물에게 당하고 있었기 때문이다.

"뭣들 해! 일단 단장을 구해!"

"우아아악! 종족 진화 1단!"

"종족 진화 1단!"

누군가의 외침에 사방에서 종족 진화를 시전했고 진화가 끝난 무라트족은 일제히 영웅을 향해 돌진하기 시작했다.

이곳에 있는 한 명, 한 명이 지금 당장 지구를 멸망에 이르게 할 수 있을 정도의 강자들이다.

그런 강자가 무려 1백이나 있었음에도 두려움을 느끼고 있는 쪽은 무라트족이었다.

두려움을 극복하기 위해 괴성을 지르며 영웅에게 달려들었지만, 결과는 똑같았다.

콰당- 콰쾅- 쩡- 쿠콰콰-!

달려드는 족족 한 방에 정리하고 있었다.

믿기지 않는 현실에 무라트족은 반쯤 정신이 나간 표정으로 불나방처럼 영웅을 향해 달려들었다.

제주도 크기의 섬을 사라지게 만들 위력의 기공파도 소용없었고, 태산을 반으로 쪼갤 위력의 주먹도 소용이 없었다.

심지어 몇몇 무라트족이 힘을 합쳐 만든 거대 기공파도 영웅이 모조리 흡수해 버렸다.

"이런, 이런. 자칫하다가 여기 무너지면 안 되지."

그들이 힘을 합쳐 만든 거대 기공파는 달 크기 행성의 3분의 1을 날릴 수 있는 위력이었다.

그런 위력의 기공파를 무슨 간식 먹듯이 흡수해 버린 영웅이었다.

공격하다 지쳐 본 적이 있던가?

무라트족은 오늘 그것을 느꼈다.

공격하다가도 지칠 수가 있구나.

방어만 하고도 이길 수가 있다는 것도 알았다.

영웅은 자신이 서 있는 곳에서 단 한 발자국도 움직이지 않았다.

그런데도 1백 명에 달하는 우주 최강의 종족인 무라트족의 공격을 전부 막아 내고 있었다.

단장은 영웅에게 맞은 충격을 겨우겨우 극복하고 정신을 차렸으나, 이미 사방은 아수라장이 되어 있었다.

곳곳에 거품을 물고 기절해 있는 자신의 수하들과 울부짖으며 영웅을 공격하고 있는 수하들까지.

단장은 이를 악물고는 절규하는 목소리로 외쳤다.

"도대체 정체가 뭐야!"

"말했잖아, 지구인. 지구에 사는 일반인. 지구에 사는 평범한 일반인."

"으아아악!"

단장은 미쳐 버릴 것 같았다.

차라리 정체라도 속 시원하게 말해 주면 이렇게 답답하지 않을 것 같았다.

"다른 대우주에서 온 놈이냐? 엘란족 놈들이 기어이 다른 대우주 놈들을 끌어들인 것이냐?"

이건 또 무슨 소리란 말인가. 다른 대우주라니.

이곳 말고도 또 다른 세상이 있다는 소리였다.

영웅의 표정에 호기심이 피어났다.

"다른 대우주? 그건 또 뭔 소리지?"

세상 평온한 모습으로 자신을 맹렬하게 공격하는 무라트 족을 제압해 가며 단장에게 물었다.

단장은 그런 영웅의 모습에 기가 질린 듯이 바라보며 말했다.

"다, 다른 대우주에서 온 것이 아니란 말이냐? 그, 그럼 정말로 지구에서?"

"그렇다고 몇 번을 말해야 믿을까?"

"지구인이 이렇게 강하다고?"

"내가 좀 특별하긴 하지."

"아까는 평범하다며?"

"특별한 일반인으로 정정하지."

영웅은 말로도 당할 수 없는 인간이었다.

원래 무라트족은 말주변이 약한 종족이다.

주먹이면 다 해결이 되는데 굳이 힘들게 설명을 하겠는가.

그래도 단장은 자신이 할 수 있는 최선의 말로 영웅을 자극했다.

"그래, 특별한 인간 씨."

"아, 내 이름은 강영웅이다. 그렇게 불러 주었으면 좋겠는데?"

"좋다, 강영웅. 너는……."

"사람이 이름을 말했으면 너도 말해야 예의 아니냐? 예의가 뭔지 모르는 종족인가?"

"으드득! 내, 내 이름은 벨레다."

"벌레?"

"벨레! 벨레라고!"

"아 거참, 잘못 들을 수도 있지 예민하게 반응하기는. 그래, 벨레. 다른 대우주라는 것이 무슨 뜻이지?"

"다른 대우주를 신경 쓰기보다 일단 너희가 사는 지구를 먼저 걱정해야 할 텐데?"

벨레의 말에 영웅이 고개를 갸우뚱거렸다.

"왜?"

"우리가 지구를 세상에서 지워 버릴 것이니까!"

"해 봐."

"뭐?"

"해 보라고."

"지금 나를 제압했다고 우리 종족 전체를 우습게 아는 모양이구나. 나는 우리 종족 중에서도 최하위에 속해 있는……."

"아니 뭐 만나는 놈들마다 다 최하위래. 너네는 최하위와 최상위 두 개만 있나?"

"이익! 지금 나는 심각한 이야기를 하고 있다!"

"나는 아닌데?"

벨레는 속이 펄펄 끓어오르는 기분을 느꼈다.

마음 같아선 진짜 패 죽이고 싶은데 그럴 수 없는 자신이 너무도 미웠다.

상대가 강해도 너무 강했다.

주변을 보라.

자신의 수하들은 전부 입에 게거품을 문 채 편안한 자세로 기절해 있었다.

1백여 명이 넘는 무라트족 중 정신을 차리고 있는 자는 어느새 자신이 유일했다.

벨레는 심호흡을 크게 하고 마음을 진정시켰다.

'저놈의 말에 넘어가지 말자. 후우.'

"말을 하다 말아. 계속해 봐."

울컥—!

실패다.

마음을 다스리는 것은 아무래도 무리였던 것 같다.

"그래, 네놈이 우습게 보는 우리 종족의 진정한 힘은……."

"정예한테 있다고? 그리고 부족을 지키는 최강의 전사인 칠성좌와 우주 최강의 부족장이 있다고?"

"그, 그걸 어떻게…… 알고 있냐?"

"아, 누가 말해 줬어."

"누가?"

"있어, 그런 애가. 너처럼 나한테 처맞고 술술 분 놈이."

아무래도 저놈에게 당한 무라트족이 자신뿐이 아닌 모양이었다.

왠지 모르게 안심이 되면서 동질감이 느껴지고 있었다.

'나중에 만나면 잘해 줘야지.'

누군지 모르지만 잘해 줘야겠다고 생각하는 벨레였다.

'가만……. 그도 이자에게 당했다면 부족에게 연락을 했을 텐데? 뭐지? 왜 지구에 있는 우리에게 그런 소식이 오질 않았지?'

뭔가 이상했다.

벨레가 고개를 들어 영웅을 바라보았다.

그러자 악마 같은 얼굴로 미소를 짓는 게 아닌가.

"왜? 그 처맞은 놈이 부족한테 이 엄청난 일을 왜 말하지 않았는지 생각 중인가?"

흠칫-!

정답에 자신도 모르게 몸을 떨었다.

"그놈도 그렇고 너희 부족은 표정을 숨기지 못하는구나? 하긴 뭐 지금까지 숨길 필요가 없었겠지. 너희가 최강이었을 테니까."

영웅은 벨레를 바라보며 친절하게 왜 다른 무라트족이 이 사실을 전하지 못했는지 말해 주었다.

"왜 말을 못 했냐면 말이지. 바로 이것 때문이지."

찌릿-!

부르르-!

갑자기 몸에 들어오는 짜릿한 기분에 벨레가 몸을 부르르 떨었다.

갑작스러운 반응에 화들짝 놀라 자신의 몸 이곳저곳을 살펴보는 벨레였다.

그 와중에 영웅은 그곳에 누워 있는 모든 무라트족에게도 무언가를 하고 있었고, 기절해 있는 무라트족 역시 한 차례씩 몸을 부르르 떨었다.

"됐다. 자, 이제 나에 대해 이야기를 하겠다고 생각해 봐."

"뭐?"

"나에 관한 것을 말하겠다고 생각해 보라고."

"그게 무슨 말……. 끄아아아아악!"

갑자기 벨레가 머리를 쥐어 잡더니 바닥을 이리저리 데굴데굴 구르기 시작했다.

"끄어어억!"

눈이 튀어나올 정도로 크게 뜬 채 이리저리 구르는 벨레의 모습에서 엄청난 고통이 느껴지고 있었다.

그리고 고통이 점점 더 심해지는지 이내 비명조차 내지 못하고 입만 쩍 벌린 채 움직임이 멈췄다.

극심한 고통에 움직일 수조차 없었던 것이다.

고통을 즐기는 종족이라는 수식어는 이제 벨레의 머릿속에서 사라진 말이 되었다.

극한의 고통에서 벨레는 이 상황에도 기절하지 않는 자신의 뛰어난 정신력을 원망했다.

이 순간만큼은 바닥에 쓰러진 채 기절을 한 수하들이 부러운 벨레였다.

"왜? 기절하고 싶어서?"

고통 속에서도 영웅의 목소리는 또렷하게 들려왔다.

"안 되지. 내가 기절하지 못하게 특별한 기운을 불어 넣었거든."

고통 때문에 반응하지는 못하지만, 영웅의 말은 벨레를 더더욱 깊은 절망 속으로 몰아넣었다.

한참 뒤에 고통이 사라지고 벨레가 거친 숨을 몰아쉬며 영웅을 바라보았다.

그의 눈에는 아까와는 달리 공포가 뚜렷하게 새겨져 있었다.

덜덜 떨리는 몸과 동공으로 영웅을 말없이 바라보던 벨레는 이내 주먹을 움켜쥐고 의지를 다졌다.

'나는 우주 최강의 종족인 무라트족이다! 겨우 이 정도 고통으로 나를 굴복시키지 못한다!'

그리 생각하며 결연한 눈빛으로 영웅을 바라보았다.

"어? 눈빛이 불량한데? 뭐지?"

"흥! 제법 고통이 느껴졌지만, 겨우 이 정도 고통으로 나를 어찌하지 못한다!"

"오호! 그래? 이건 또 신선한 반응이네."

영웅이 호기심 가득한 얼굴로 벨레를 바라보았다.

지금까진 영웅에게 당한 적들의 반응은 다들 한결같았다.

고통이 끝남과 동시에 자신의 다리에 매달려 애원하거나 아니면 엎드려 울면서 애원하든가, 그것도 아니면 싹싹 빌면서 애원하든가.

뭐가 되었든 애원을 하며 설설 기는 것이 그동안 겪은 행동들이었다.

벨레도 당연히 그럴 거라고 생각하고 기다리고 있었는데 오히려 의지를 다지며 반항하고 있었다.

"이야, 이건 뭐지? 고통이 약했나?"

"흥! 우리는 우주 최강의 종족 무라트다! 이런 고통으로 우리를 굴복시키진 못한다!"

시간이 지나면서 컨디션이 돌아왔는지 점점 더 당당하게 자신의 의견을 말하는 벨레였다.

그 모습에 영웅의 입가에 미소가 더더욱 진하게 변했다.

"그래? 우주 최강의 종족이라서 고통에 강한가? 이거 재밌네. 단계를 올려 볼까? 어디까지 버티나 궁금해지는데?"

영웅이 즐거운 표정으로 미소를 지으며 손을 뻗었다.

그 모습에 벨레가 움찔했지만, 이내 눈을 질끈 감고 의지를 다졌다.

'그래! 버티자! 버틸 수 있다! 나는 우주 최강의 종족 무라트족이다!'

5장

그런 벨레에게 영웅이 속삭이며 기술을 걸었다.

"자, 지금부터 너에게 줄 고통은 2단계야. 참고로 대충 10단계까지 있어. 10단계를 다 버티면 넌 풀어 주지. 약속한다."

10단계까지 버티면 풀어 주겠다는 영웅의 말에 다시 한번 의지를 다지는 벨리였다.

'그래! 버텨 보자! 아까도 생각보단 버틸 만한 고통이었어.'

그렇게 다짐을 하고 또 했지만, 곧 그 결정을 후회하게 된다.

"자, 2단계 들어갑니다!"

"으그그그극!"

아까도 엄청난 고통이었지만 그것과는 차원이 다른 고통이 벨레의 몸 전체를 뒤덮었다.

그만이라고 외치고 싶었지만, 목소리가 나오지 않을 정도였다.

'끄으! 이, 이게 2단계라고? 마, 말도 안 돼! 아까보다 백배는 고통스럽다! 차, 참을 수 있는 고통이 아니야!'

그렇게 또 한참의 시간이 지났고 벨레는 고통이 사라지자마자 영웅의 발을 잡으려 했다.

하지만 영웅이 재빨리 벨레의 손길을 피하면서 말했다.

"안 되지, 안 돼. 벌써 이럼 곤란해."

"그, 그만하셔도 되, 될 것 같습니다."

"아니야. 이제 2단계인데 적어도 중간까진 가야지. 안 그래? 왜 이러실까? 우주 최강의 종족께서?"

"아, 아닙니다! 우주 최강의 종족 아닙니다!"

"그래그래. 일단 조금 더 해 보자. 응?"

"아, 아닙니다! 제발! 이렇게 빌겠습니다! 읍!"

간절하게 빌기 시작하는 벨레의 입을 강제로 봉해 버리고 손을 내밀며 웃는 영웅이었다.

"자! 3단계 들어갑니다."

웃으며 말하는 영웅의 말에 벨레의 동공이 세차게 요동쳤다. 거부하기 위해 혼신의 힘을 다해 몸부림을 쳤지만, 그 어떤 것도 영웅의 손길을 피할 수 없었다.

그렇게 벨레에게 길고도 긴 고통의 시간이 시작되었다.

대련장 곳곳에서 기절해 있던 무라트족은 정신을 차리자마자 황당한 광경을 보게 되었다.

그들이 정신을 차리고 보게 된 광경은 자신들의 단장이 바닥에 머리를 박은 채 열심히 구령을 외치고 있는 모습이었다.

자신들의 단장이 어떤 사람인가. 죽으면 죽었지 절대로 남에게 굴복하지 않는 독종이었다.

오죽했으면 무라트족의 정예들도 단장이라면 고개를 절레절레 흔들며 상대하기를 꺼릴까.

사실 단장이 이곳으로 온 가장 큰 이유가 윗사람들에게 대들어서 좌천을 당했다는 소문이 돌 정도였다.

그런 단장이 인간 앞에서 세상 비굴한 자세로 그가 시키는 모든 것을 다 하고 있었다.

처음에는 기절했다가 일어나서 제정신이 돌아오지 않아 헛것을 보는 거라 생각도 했었다.

하지만 지금 이 황당한 상황이 현실이라는 것을 깨닫는 데에는 오래 걸리지 않았다.

"어? 쟤들 다 일어났다. 쟤들, 네 말이라면 다 듣는 애들이라고 했지?"

"네! 그렇습니다!"

"좋아, 기상."

벌떡—!

벨레는 영웅의 말에 조금의 머뭇거림도 없이 재깍재깍 움직였다.

움직임이 어찌나 신속하고 정확한지 하나의 기계를 보는 듯한 착각마저 들었다.

"그럼 너의 능력을 보여 봐."

"네!"

벨레는 영웅의 말이 끝나기가 무섭게 뒤를 돌아 자신의 수하들이 있는 곳으로 향했다.

그리고 눈을 부릅뜨고는 크게 외쳤다.

"나의 자랑스러운 수하들에게 말한다. 나의 주인께서 너희에게 아주 크나큰 기회를 주셨다! 모두 감사하는 마음으로 따르도록 하라!"

벨레의 말에 그의 수하들이 서로를 바라보며 웅성거리기 시작했다.

"무슨 소리야? 단장이 진짜 제정신이 아닌데? 인간을 주인이라고 부르고 있어."

"우리가 기절한 사이에 무슨 일이 있었던 거야?"

"저 괴물 인간이 우리 단장을 세뇌한 모양이다."

"빌어먹을 인간 새끼가 우리 단장님을!"

벨레의 말을 듣고 정신을 차린 그의 수하들의 반응은 바로 영웅에 대한 분노였다.

"야! 인간 새끼야! 다시 붙자!"

"우리 단장에게 건 세뇌를 풀어라! 치사하게 세뇌까지 시키다니!"

누가 벨레의 수하들이 아니랄까 봐 성격들도 비슷했다.

벨레는 그런 수하들의 반응에 화들짝 놀라며 그들을 말리기 시작했다.

"아, 아니야! 나 세뇌당한 거 아니라고 새끼들아! 나는 너희를 구하려고 이러는 거라고!"

"단장! 제정신이 아닌 것이 확실하네. 다른 종족에게 굴복하느니 죽는 것이 낫다고 노래를 부르던 양반인데."

"그, 그래! 내가 과거에 그랬지! 지금은 아니라고! 지금 진짜로 큰 기회를 주는 거라니까? 어, 어서 저기 저분에게 달려가 엎드리고 충성을 다하겠다고 말해!"

"단장! 정신 차려! 에이 X발. 우리 단장이 개기는 거 빼면 매력이 없는 양반인데 저렇게 고분고분하니 내가 다 열받네."

"그러니까 말이야! 야! 이왕 이렇게 된 거 저 빌어먹을 인간 새끼랑 같이 죽자!"

"그래! 가자!"

"와아아아아!"

벨레의 수하들은 분노가 가득한 눈으로 분기탱천하여 일

어나 기세를 끌어올리기 시작했다.

그리고 다들 일제히 다시 영웅을 향해 돌격하기 시작했다.

"죽어!"

"죽여 버려!"

"으아아악!"

벨레는 떨리는 동공으로 그것을 보고는 재빨리 그들을 말리려 했다.

"아, 안 돼! 미친놈들아! 그만둬!"

하지만 이미 눈이 돌아간 수하들에게 벨레의 절절한 목소리는 전달되지 않았다.

"안 된다고……. 그 자식은 인간이 아니라고……."

벨레가 허탈한 눈으로 바닥에 주저앉아 자신의 수하들이 영웅에게 돌진하는 것을 바라보았다.

그리고 보았다.

한 악마가 순진한(?) 자신의 수하들을 유린하기 시작하는 것을 말이다.

악마는 정말로 즐거운 듯 미소를 지으며 제일 먼저 달려든 수하의 몸을 순식간에 빨래 짜듯이 비틀었다.

수하는 몸속의 모든 뼈가 박살 났는지 연체동물처럼 바닥에 쓰러져 꿈틀거렸다.

우드득- 빠각- 뿌드드득-!

그리고 이어지는 소름 끼치는 소리가 벨레의 귓속을 파고

들었다.

소름 돋는 소리가 들려올 때마다 잘 짜인 빨래처럼 온몸이
뒤틀린 채 바닥에서 꿈틀거리는 수하가 늘어났다.

그리 오래 걸리지 않은 시간 동안 1백여 명에 달하는 수하
들을 전부 빨래 짜듯이 뒤틀어 버린 악마였다.

"리스토어."

화악-!

악마가 무어라 외치자 수하들의 몸이 순식간에 회복되었
고 다시 수하들은 영문을 모르는 얼굴로 하나둘 일어서기 시
작했다.

그때 악마가 상기된 표정으로 말했다.

"자, 다시 시작."

우드득- 빠각- 뿌드드득-!

"끄아아악!"

"그, 그만!"

"아아아악!"

"사, 살려……. 아, 아니 죽여 줘!"

"제, 제발 죽여 줘!"

그곳은 지옥이나 다름없었다.

아니, 지옥이었다.

지옥에서 올라온 악마가 자신의 수하들을 가지고 놀고 있
었다. 벨레는 차마 그것을 지켜보지 못하고 눈을 감고 귀를

막은 채 이 악몽이 어서 지나가길 기다렸다.

⚔

　1백 번.

　영웅이 달 기지에 있는 무라트족, 벨레의 수하들의 뼈를 박살 낸 숫자였다.

　무려 1백 번 동안 뼈를 부수고 다시 회복하고 부수고를 반복한 것이다.

　그 장면을 옆에서 지켜본 벨레는 정신이 나갔고 뼈가 으스러지는 고통을 1백 번이나 당한 수하들 역시 정신이 나간 상태였다.

　마지막 리스토어를 받고 정신이 돌아오자 이들이 제일 먼저 한 일은 서로 앞다투어 영웅 앞으로 달려가 싹싹 비는 일이었다.

　자신이 원하던 그림이 나오자 그제야 만족스러운 미소를 짓는 영웅이었다.

　"이제야 맘에 드는 그림이 나왔네. 그래도 우주 최강의 종족이라고 제법 걸렸다? 그치?"

　"번거롭게 해 드려서 정말 죄송합니다!"

　"아냐, 아냐. 오래간만에 즐거운 시간이었어."

　남의 몸을 박살 내고 복구하고 다시 박살 내는 변태 같은

짓이 재밌다니.

자신들도 그런 짓은 하지 않았다.

자신들은 전투와 파괴를 좋아하지, 저런 변태적인 일에는 취미가 없었다.

다들 영웅의 말에 침을 꿀꺽 삼키고 부동자세로 서 있었다.

"자, 이제 너희는 내 것이다. 알았지? 아! 배신해도 돼. 아니, 제발 배신 좀 해 줘. 너희는 할 수 있을 것 같다. 오늘처럼 신선한 반응을 보여 줘. 알았지?"

대놓고 배신하라고 종용하고 있는 영웅.

"아, 그냥 닥치고 쳐들어가서 저놈들 행성을 조져 놓을까?"

턱을 괴고 중얼거리는 소리에 그곳에 있는 무라트족은 기겁을 했다.

아무리 계산하고 또 계산해도 눈앞의 악마를 당해 낼 무라트족이 없다는 사실을 절실하게 깨닫고 있었다.

눈앞의 악마는 무라트족 최강자인 족장이 와도 당해 낼 수 없는 괴물이었다.

그곳에 있는 무라트족이 눈을 질끈 감고 목청껏 외쳤다.

"저희가 잘하겠습니다!"

자신들을 희생하여 종족을 구하겠다는 생각이었다.

이곳에서 먼저 연락을 하지 않는 이상 무라트 행성은 이곳을 신경 쓰지 않을 것이다.

　일단 최대한 시간을 끌고 방법을 찾기로 마음먹었다.

　그런 그들의 음흉한 생각을 이미 눈치챈 영웅이 미소를 지었다.

　이들이 무슨 방법을 들고 오든 그것은 곧 자신에게 즐거움일 것이다. 영웅은 그저 즐거운 마음으로 기다리면 될 일이었다.

　더욱이 지금 저들은 새겨 놓은 제약으로 인해 절대 자신의 허락 없이 본진에 연락하지 않을 것이다.

　이제 지구를 감시하던 무라트족은 완벽하게 제압해 놓은 것이다.

　어떻게든 막으려고 애쓰는 무라트족을 보며 영웅이 웃으며 말했다.

　"하하, 걱정하지 마라. 그러진 않을 테니. 이제 막 사냥의 재미를 느끼는 중인데 내가 왜 그런 짓을 하냐. 천천히 하나씩 사냥해 가며 피를 말려야지."

　우주 대악마가 여기 있었다.

　다들 영웅의 말을 들으며 몸을 부르르 떨었고 절망감에 속으로 눈물을 흘렸다.

　선량(?)하게 살아온 자신들에게 왜 이런 시련이 왔는지 태초의 신, 코스모스를 원망하는 무라트족이었다.

　"너희는 당분간 이곳에서 지낸다. 불만 없지?"

대련장에서 지내라는 말에 다들 고개를 끄덕였다.

오히려 그들이 바라던 바였다.

이곳에서 미친 듯이 수련을 하고 또 해서 조금이라도 더 강해지겠다는 의지를 불태우고 있는 이들이었다.

영웅은 그런 그들을 보며 피식 웃고는 그곳을 빠져나왔다.

대련장을 빠져나오자 카추가 사색이 된 얼굴로 서 있었다.

"어? 여기 계셨네요?"

"헉! 네? 네! 그, 그렇습니다!"

카추는 몸을 덜덜 떨면서 대답했다.

그 모습에 영웅이 고개를 갸웃거리다가 물었다.

"왜 그러시죠? 혹시……. 보셨나요? 저를 못 믿으셨나 보네요?"

영웅의 물음에 카추가 기겁하며 말했다.

"헉! 아, 아닙니다! 그, 그것이 자, 잘하고 계시는지 궁금해서 살짝 엿본다는 것이 그만……."

카추는 마치 보면 안 될 것을 본 것처럼 덜덜 떨면서 영웅의 눈치를 살폈다.

사실 영웅이 강하다고는 해도 실제로 영웅의 무력을 경험한 적이 없었기에 불안한 것은 사실이었다.

자기 종족의 미래가 걸려 있는데 어찌 마음 편히 앉아서 기다린단 말인가.

만약을 대비해 엘란족 전체를 대피시킬 준비까지 해 놓은 상태였다.

그리고 카추는 보았다.

상상을 초월하는 괴물을.

무라트족을 애처럼 취급하면서 가볍게 상대하는 모습에 카추는 1차로 경악하고, 죽으면 죽었지 절대로 남에게 무릎을 꿇지 않는다는 무라트족이 세상 가볍게 무릎을 꿇는 모습에 2차로 경악했다.

무라트족에게서 보였던 모습은, 흔히 알고 있는 독기 가득한 얼굴이 아니었다.

그들의 모습에서 보인 것은 간절함이었다.

카추는 저 눈빛을 누구보다 잘 알고 있었다.

저 눈빛은 바로 자신의 종족을 살리기 위해 고군분투하던 엘란족의 모습이었다.

이곳에 있는 무라트족이 지금 영웅이라는 인간에게서 자신의 종족을 보호하기 위해 애쓰는 모습을 보고 있었다.

그 이야기는 즉, 이곳에 있는 무라트족이 영웅의 강함을 인정했다는 소리였고 그 강함이 무라트족 전체가 덤벼도 이길 수 없다고 판단했기에 저런 표정이 나오는 것이었다.

무라트족에게서도 저런 표정이 나올 수 있다는 사실에 신기해하면서 동시에 정말로 영웅이 이들을 제압했다는 것이 현실로 느껴지는 카추였다.

"걱정하지 마세요. 이것으로 확실하게 알았으니까. 저들은 저의 적수가 될 수 없다는 사실을요."

"알겠습니다. 영웅 님만 믿겠습니다."

"저놈들은 한동안 이곳에 있을 겁니다. 뭐, 감시하거나 하지 않아도 나가거나 하진 않을 테니 크게 신경을 쓰지 않으셔도 됩니다."

"정말입니까?"

"네, 제약을 걸어 놨거든요. 뭐 고통을 즐긴다면 시도는 하겠지만 곧 돌아갈 겁니다."

"네⋯⋯."

고통이라는 말에 더는 질문을 하지 않는 카추였다.

어떤 고통인지 지금까지 잘 봐 와서 딱히 묻지 않아도 알 것 같았다.

"지구는 이제 어찌할까요?"

"어찌하다니요?"

"지금까지 저들을 위해 테스트를 하던 행성이 아닙니까. 영웅 님이 기분 나쁘게 생각하신다면 저희 나노 머신들을 전부 철수시킬까요?"

카추의 말에 영웅이 고개를 저었다.

"아니요. 그냥 놔두세요. 그거 치우면 지구가 한바탕 난리가 납니다. 이미 관련 생태계가 구축되어 있는 상태니, 될 수 있으면 지금처럼 유지해 주세요."

"알겠습니다. 영웅 님의 말씀이니 그리하겠습니다."

카추의 말에 영웅이 미소를 지으며 말했다.

"앞으로도 잘 부탁드립니다."

영웅의 말에 카추가 황급하게 답했다.

"그, 그게 무슨 말씀이십니까? 저희가 잘 부탁드려야지요."

"하하, 그럼 서로에게 많은 도움을 줍시다."

"네! 알겠습니다! 혹여 나노 머신이 더 필요하거나 아이템이든 웜홀이든 뭐가 되었든 필요하시면 언제든지 말만 하십시오. 바로 보내 드리겠습니다."

이제 영웅의 말 한마디면 지구상 어디에든 웜홀을 만들어 낼 수 있고 누가 되었든 각성자로 만들어 버릴 수 있었다.

그리고 각성자의 힘을 회수할 수도 있게 되었다.

영웅이 말만 하면 카추가 곧바로 그자의 몸 안에 있는 나노 머신을 회수할 테니까.

이렇게 영웅은 달 기지를 완벽하게 장악하고 다시 지구로 돌아갔다.

⌒

쯔이이잉─!

영웅은 지구에 오자마자 흑치상을 불렀다. 흑치상은 곧바로 또 다른 지킴이 인장을 찾기 위해 그곳으로 가는 차원의 문을 열었다.

문이 열리고 흑치상이 조심스럽게 영웅에게 말했다.

"아뢰옵기 송구하오나……. 인장을 찾는 여정에는 소신이
옆에서 보필해 드릴 수 없사옵니다. 오로지 폐하의 힘만으로
지킴이 가문의 인정을 받아서 그 인장을 받아 오셔야 합니
다. 이것은 왕으로서 거쳐야 할 관문 같은 것이라 저도 어찌
할 수가 없사옵니다."

"그러니까 혼자 가라는 소리잖아."

"그, 그렇사옵니다."

"그냥 가져오라고 하면 안 된다고?"

"소, 송구하옵니다."

"알았어. 어떻게든 받아 오면 되는 거지?"

"그렇사옵니다. 소신이 해 드릴 수 있는 것은 단지 그들이
있는 곳으로 차원의 문을 열어 드리는 것뿐이옵니다."

"아항, 나가면 바로 그들이 있는 공간으로 넘어간다는 거
지? 그럼 쉽네. 가서 모조리 제압해 버리면 되는 거 아냐?
그리고 받아 오면 되는 거지."

"네?"

"금방 받아 올 테니 기다리고 있어."

"폐, 폐하……."

불길한 기운을 감지한 흑치상이 재빨리 영웅을 잡으려 했
지만 이미 차원의 문을 통해 사라져 버린 영웅이었다.

흑치상은 불안한 마음을 달래며 중얼거렸다.

"그러고 보니 저곳에 가면 풍백을 만나실지도 모르겠군. 풍백이 부디 폐하를 알아보아야 할 텐데……. 그보다 강제로 빼앗아 오는 것은 아니겠지? 그래, 믿자. 폐하를 믿자."

불안해하는 흑치상의 마음을 아는지 모르는지 영웅은 화이트 웜홀과는 다른 차원의 문을 두리번거리며 통과하고 있었다.

빛이 나오는 곳을 향해 다가가자, 또 다른 세상의 풍경이 그 빛이 나오는 구멍을 통해 보였다.

"확실히, 말한 대로 화이트 웜홀하고는 다르군. 이렇게 바깥 풍경이 훤히 보이고 말이지. 정말로 다른 사람 눈에는 차원의 문이 보이지 않는 모양이군."

차원의 문은 다른 사람들의 눈에 보이지 않고 오로지 영웅의 눈에만 보이게 만들어 두었기에, 굳이 숨기거나 인적이 없는 오지 같은 곳에 만들 필요가 없었다.

거기에 화이트 웜홀처럼 힘들게 찾아다니지 않아도 되었다.

세상 편안함을 느낀 영웅이 미소를 지으며 풍경이 보이는 곳을 향해 발걸음을 옮겼다.

일렁거리는 출구를 통해 밖으로 나가자 화창한 햇빛이 영웅의 눈을 부시게 만들었다. 이내 눈부심이 사라지면서 제대로 된 풍경이 그의 눈에 들어왔다.

차원의 문 밖으로 나오니 그곳은 어느 산의 정상이었다.

영웅의 눈에 가장 먼저 들어온 풍경은 현대 문명의 산물인 거대한 고층 빌딩들이 즐비한 도시였다.

왠지 익숙한 풍경에 영웅이 미소를 지으며 중얼거렸다.

"이곳 지구의 문명은 내가 영웅 노릇을 하던 곳과 비슷하군. 고향에 온 기분인데?"

그리고 주변을 두리번거렸다.

그런데 어디서 많이 본 풍경이 계속 눈에 들어왔다.

"어? 어어?"

영웅이 뭔가 당황한 표정으로 그곳의 풍경을 한참 동안 바라보다가 이내 하늘 위로 솟구쳐 대기권 밖으로 날아올랐다. 그리고 다시 자세히 바라보기 시작했다.

"어라? 여기……. 진짜 내가 살았던 지구잖아?"

영웅이 당황했던 이유가 바로 자신이 히어로 노릇을 하던 지구였기 때문이었다.

"뭐야? 여긴? 뭐지? 어라?"

멍한 표정으로 그저 지구를 바라만 보고 있던 영웅은 이내 몸을 움직여 과거 자신이 살던 저택을 향해 날아갔다.

자신이 살던 저택은 기억 속 그 모습 그대로 남아 있었다.

다만 주변의 풍경이 조금 달라져 있었다.

거대한 저택 주변에 끝도 없는 꽃들이 바닥에 놓여 있었고 그곳에 거대한 글귀가 적혀 있었다.

지구의 위대한 영웅이 살던 저택

사람들이 이곳으로 와 추모를 하고 꽃을 두고 간 것이었
다. 그 수가 어마어마했기에 거대한 대저택 주변이 온통 꽃
으로 뒤덮인 것이었다.

영웅은 자신의 비서였던 자를 찾아보기로 하고 그곳으로
이동했다.

자신이 이곳 지구에서 히어로 노릇을 할 때 언제나 곁에서
도움을 주던 유일한 친구이자 동료.

천태산.

그는 다행히 아직 저택에서 살고 있었다.

자신이 없음에도 저택을 관리하고 있는 것 같았다.

영웅은 사람들의 눈을 피해 순간 이동으로 천태산이 있는
곳으로 이동했고 조용히 그의 뒤에 섰다.

천태산은 영웅이 아끼던 물건들을 정성스럽게 닦으며 쓸
쓸한 눈빛으로 중얼거리고 있었다.

"평안히 잘 계시지요? 보고 싶습니다, 주인님."

그러지 말라고 해도 언제나 자신을 주인이라 부르며 따르
던 친구.

자신이 사라졌음에도 여전히 자신을 주인이라 부르며 이

곳을 지키는 천태산을 보며 영웅은 자신도 모르게 울컥했다.

"태산아……."

천태산은 등 뒤에서 들려오는 익숙한 목소리에 물건을 닦고 있던 자세 그대로 굳어 버렸다.

미동도 없는 모습에 영웅이 다시 그의 이름을 불렀다.

"태산아……."

영웅의 부름에 천태산이 천천히 고개를 돌리기 시작했다.

그리고 그의 동공에 영웅이 들어오자 손에 들고 있던 것을 놓치고 부들부들 떨기 시작했다.

"나다……. 잘 지냈어?"

영웅의 말에 천태산이 떨리는 입을 겨우겨우 열어 말했다.

"주, 주인님?"

"그래, 나다."

"저, 정말이십니까?"

"그래, 정말로 나다."

주르르륵-!

그 순간 천태산의 눈에서 눈물이 글썽거리더니 이내 폭포수처럼 쏟아지기 시작했다.

"주, 주인님!"

천태산은 아무런 망설임 없이 영웅에게 달려갔고, 그를 꼭 안으며 엉엉 울기 시작했다.

"주인님! 주인님! 엉엉엉!"

영웅은 그런 천태산의 등을 토닥이며 말했다.

"그래, 보고 싶었다. 태산아."

"주인님! 저, 저도 주인님이 너무너무 보고 싶었습니다! 주인님!"

너무도 우직하고 충성심이 강한 친구.

"내가 항상 말했잖아. 내가 어느 날 갑자기 사라지면 내가 가진 재산은 전부 네 것이니 잘 처분해서 너 하고 싶은 거 하며 살라고."

"훌쩍. 이, 이게 제가 하고 싶은 일입니다."

"남의 집 청소나 하며 사는 것이 무슨……."

"헤헤, 그 덕에 이렇게 주인님이 다시 돌아오신 것이 아닙니까. 저는 제가 한 행동이 정말로 잘했다고 지금 생각하고 있습니다."

눈물을 그친 천태산은 예전에 영웅이 알고 있던 그 순박한 미소를 지었다.

그 모습에 영웅은 정말로 집에 돌아온 기분이 들어 자신도 모르게 웃었다.

"그래, 잘 다녀왔다."

영웅의 말에 천태산의 눈에 다시 눈물이 맺혔지만 이내 굵은 손가락으로 털어 내고 웃으며 말했다.

"헤헤! 다녀오셨습니까? 주인님!"

"하아, 그놈의 주인님 소리 좀 하지 말라니까. 형이라고

하라고 몇 번을 말하니."

"형이라니요! 그날 저의 목숨을 구해 주신 후로 주인님은 영원한 제 주인님입니다!"

답도 없는 우직함이었다.

저게 편하다니 더는 말리지도 못하겠고 그저 한숨을 쉬었다.

"주인님! 기다리십시오! 제가 후딱 저녁상을 준비하겠습니다!"

천태산은 타고난 집사이면서 엄청난 재능을 가진 요리사였다.

그의 요리를 먹을 때면 언제나 행복했다.

다른 세상에 있을 때도 가끔 생각나던 천태산의 요리.

영웅은 자신도 모르게 고개를 끄덕였다.

그 모습에 천태산이 행복한 미소를 지으며 주방을 향해 뛰어가기 시작했다.

영웅은 그런 천태산의 뒷모습을 잠시 바라보다가 이내 자신의 집 이곳저곳을 둘러보기 시작했다.

어찌나 관리를 잘해 놨는지, 오랫동안 비웠음에도 항상 자신이 살았던 것처럼 관리되어 있었다.

덕분에 전혀 어색하지 않았다.

히어로 일을 끝내고 자신이 가장 좋아하던 의자에 앉아 술 한잔 하며 별을 바라보는 것이 영웅의 낙이었다.

그 푹신한 의자에 다시 몸을 기대 하늘을 바라보았다.

"나 참나. 이렇게 돌아오게 될 줄은 몰랐는데……."

정말로 고향 집에 온 기분에 모처럼 편안한 마음이었다.

그렇게 눈을 감고 편안함을 즐기다 보니 어느새 잠이 들었다.

얼마 정도 시간이 지났을까?

누군가가 깨우는 소리에 영웅은 눈을 떴다.

"주인님!"

"어? 어."

"헤헤, 피곤하셨나 봅니다."

"아, 아니. 오랜만에 집에 와서 그런지 마음이 편하네."

"그렇습니까? 헤헤. 주인님이 편안하시니 저도 좋습니다. 자, 주인님. 어서 가시지요. 제가 주인님께서 좋아하시던 음식으로만 다 준비해 두었습니다."

천태산의 말에 영웅은 자신도 모르게 침을 꿀꺽 삼켰다.

"내가 좋아하던 거? 매운 족발? 불고기? 갈비찜?"

"헤헤, 전부 다 해 두었습니다."

"그래? 가자!"

영웅은 정말로 빠른 속도로 식당을 향해 달려갔고 그 모습에 다시 눈물을 훔치는 천태산이었다.

"주인님께 다시 식사를 차려 드리는 날이 오다니……. 신이시여, 감사합니다."

천태산은 하늘을 향해 감사를 드리고 영웅의 뒤를 따라갔
다.

식당에 도착하니 이미 영웅이 입 안 가득 음식을 밀어 넣
고 행복한 미소를 지으며 식사를 하고 있었다.

"우왕! 여전하구나! 맛있어!"

우물- 우물-.

후루룩- 쩝쩝-.

꿀꺽- 꿀꺽-.

"주인님, 체하십니다. 천천히 드십시오."

"걱정하지 마. 이런 거로 절대 안 체해. 그나저나 오래간
만에 먹으니 진짜 맛있다!"

우적-! 우적-!

우물-! 우물-! 쩝쩝-!

볼이 터지기 일보 직전까지 음식을 밀어 넣고 정말로 행복
한 표정으로 식사를 하는 영웅의 모습에 천태산은 행복한 미
소를 지었다.

이 얼마나 오랫동안 간절히 바라 왔던 풍경이던가.

천태산은 영웅이 접시를 비우면 곧바로 다시 채워 주며 그
의 옆에서 열심히 수발을 들었다.

이 또한 간절히 바라고 또 바라 왔던 순간이었다.

제발 이것이 꿈이 아니기를 바라면서 천태산은 영웅의 먹

는 모습을 바라보았다.

"우물우물, 같이 먹자."

"아닙니다. 저는 요리하면서 먹었습니다."

"그래도 같이 먹자, 어서."

"헤헤, 알겠습니다."

영웅의 재촉에 천태산도 자리에 앉아 음식을 먹기 시작했고, 그들의 식사는 밤늦은 시간까지 계속되었다.

꺼어어어억-!

"끄억-! 아! 진짜 맛있었다. 정말로 네 음식이 너무 먹고 싶어서 꿈에 나올 정도였는데 이렇게 소원 성취를 하네."

"헤헤, 그 정도였습니까? 앞으로는 제가 더 최선을 다해 주인님을 행복하게 할 요리를 만들어 보이겠습니다."

"말만으로도 고마워."

영웅은 볼록 솟아오른 자신의 배를 두드리며 천태산이 들고 온 차를 호록거리며 마셨다.

그러다가 찻잔을 내려놓고 천태산을 바라보았다.

"궁금하지 않아?"

"무엇이 말입니까?"

"내가 어디를 갔다 왔는지."

"궁금합니다."

"그럼 물어봐야지."

"때가 되면 주인님께서 말씀해 주시겠죠."

"어이구. 됐다, 됐어. 앓느니 내가 먼저 말하지. 지금 말해 준다."

"헤헤, 감사합니다."

"사실 운석을 막으러 갔다가 거기서 차원 이동을 당했어."

"네?"

밑도 끝도 없이 갑자기 차원 이동을 당했다니, 천태산이 어리둥절한 표정을 지었다.

"아, 내가 막으러 갔던 그 운석이 운석이 아니라 행성이더 라고. 그거를 부쉈더니 블랙홀이 생성되었고 여차여차해서 암튼 눈을 떠 보니 다른 세상이었어."

"그렇습니까? 다른 세상이 존재하긴 하는군요."

"어휴, 말도 마. 한두 군데가 아니야. 엄청 많아."

"전부 다녀와 보신 것처럼 말씀하시네요?"

"물론이지. 그러다가 여기로 다시 온 것이고. 우연이라고 해야 하나? 아님, 운명인가?"

"그럼 이제 계속 이곳에 계시는 것입니까?"

천태산의 말에 영웅이 말을 멈추고 잠시 머뭇거렸다.

"아니……. 다시 가 봐야 해. 내가 할 일이 있거든. 아주아 주 중요한 일이 있어."

자신의 눈치를 보며 말하는 영웅을 보며 천태산이 미소를
지으며 말했다.

"주인님, 제 눈치를 보실 필요 전혀 없습니다. 이곳은 주
인님의 집입니다. 언제든지 오시면 됩니다."

"고마워. 아, 다른 세상에는 내 부모님이 살아 계셔."

"네?"

"평행세계라고 똑같은 세계가 수백, 수천 개가 있어. 그중
에 나의 부모님이 살아 계신 세계도 존재하지."

"행복하십니까?"

천태산의 말에 영웅이 고개를 끄덕였다.

"응, 그곳에서도 나는 그분들의 자식이야. 행복해."

"그럼 그곳에서 쭉 계시겠군요."

"걱정하지 마, 이곳과 차원의 문을 연결해 두었으니 언제
든지 올 수 있어."

"그건 희소식이군요. 저도 따라갈 수 있습니까?"

"너도?"

"네, 주인님께서 경험하신 그 세계. 저도 보고 싶습니다."

"그래, 그게 뭐 어려운 일이라고. 대신, 나중에. 지금은 내
가 좀 바빠서."

"물론입니다. 주인님의 일이 무사히 끝나기를 기다리고
있겠습니다."

영웅은 천태산을 바라보며 웃었다.

그리고 궁금했던 것들을 물었다.

"그래, 나 없는 동안 이쪽 세상은 별일 없었지?"

영웅의 질문에 천태산의 표정이 살짝 굳었다.

"응? 표정이 왜 그래? 무슨 일이 있었나?"

"사실……. 주인님께서 사라지고 나서 전 세계의 악당들이 날뛰기 시작했습니다. 주인님으로 인해 눈치를 보던 나라들도 날뛰기 시작했고요. 특히, 일본이 눈에 불을 켜고 우리나라를 공격하기 시작했습니다."

천태산의 말에 영웅의 표정이 굳어 갔다.

"계속해 봐."

"일본뿐 아니라 중국, 미국, 러시아, 유럽 등등 그동안 한국 눈치를 살피던 열강도 직접적인 공격만 하지 않을 뿐이지, 대놓고 한국을 따돌리기 시작했고 덕분에 한국의 경제 상황은 나락으로 떨어지고 있는 상황입니다. 다행히 주인님이 마지막에 지구를 구하고 가신 은혜 때문에 그것을 못 잊는 사람들이 한국산 제품을 구매해 주기에 버티고 있는 상태긴 하지만, 그마저도 언제 막힐지 모를 만큼 위태한 것이 사실입니다."

영웅 보유국, 세계 최강국.

이것이 과거 영웅이 있던 시절의 한국의 별칭이었다.

영웅의 존재 하나만으로 세계 최강이던 시절.

하지만 그것을 곱게 보던 나라는 없었고, 하나같이 시기와

질투가 가득했다.

그도 그럴 것이, 다른 나라 눈에 한국이라는 나라는 노력 없이 영웅이라는 존재 하나로 세계에 우뚝 선 곳이었기 때문이다.

그렇게 쌓여 온 감정들은 영웅이 사라지자마자 기다렸다는 듯이 한국을 향해 분출했고, 이에 한국은 때아닌 재앙을 맞이하고 말았다.

사실 영웅 덕에 한국은 많은 이득을 보고 있던 것은 사실이다. 그렇다고 해도 한국이 발전할 수 있었던 것은 영웅 때문이 아닌 국민의 뛰어난 지능과 국민성 때문이었다.

지금도 이렇게 한국이 버티고 있을 수 있는 이유는 바로 이러한 국민의 노력과 희생 때문이었다.

천태산의 이야기는 계속되었다.

"문제는 연합이 아니라 악당들입니다. 그들은 주인님이 사라지자마자 이 저택부터 박살을 내려 했습니다. 물론, 그것은 세계 연합과 정부에서 철저하게 막고, 전 세계 사람들이 지키겠다고 나서는 바람에 무산되었지만요. 그들은 자신들의 분노를 한국과 한국 국민에게 돌렸고, 이 때문에 세계 곳곳에 있는 한국인들이 억울하게 테러당하고 쫓겨나듯이 한국으로 돌아오는 실정입니다."

빠드득—!

천태산은 이야기하다가 갑자기 들려온 소리에 고개를 돌

렸고, 그의 눈에 의자 팔걸이가 영웅의 손에 박살 난 것이 들어왔다.

"주, 주인님?"

천태산은 아차 싶었다.

자신의 주인님이 어떤 사람인가.

사람들이 히어로라고 떠받들어 주고 있지만, 실상은 히어로보다 빌런에 가까운 사람이었다.

다만 그 악함을 선한 사람이 아닌 악당들에게 풀고 있기에 히어로라고 불린 것이지, 그의 행동은 절대로 히어로가 해선 안 될 것들투성이였다.

천태산은 자신도 모르게 침을 꿀꺽 삼켰다.

영웅의 표정이 악귀처럼 변해 있었다.

"이것들이 아주 살판 났었구나? 그치?"

"주, 주인님……."

"태산."

"네! 주, 주인님!"

"명단 작성해서 가져와."

"네?"

"한국 괴롭힌 나라 목록이랑 악당들 세력 목록 적어서 가져와. 너는 알고 있을 거 아냐."

한기가 풀풀 풍기는 서늘한 음성으로 명령하는 영웅의 모습에, 천태산은 몸을 부르르 떨면서 힘차게 대답했다.

"네! 주, 주인님! 다, 당장 준비하겠습니다!"

"그래. 나는 대통령 좀 만나고 오겠어. 아, 내가 여기서 사라지고 시간이 얼마나 지났지?"

"주인님이 사라지신 지 6년 정도의 시간이 지났습니다."

영웅은 고개를 끄덕였다.

'저쪽 세상과 시간이 똑같이 흐르고 있군. 화이트 웜홀을 통해서 넘어온 것이 아니라서 그런 것인가?'

복잡한 생각을 떨쳐 내려는 듯 이내 머리를 흔들고는 순식간에 사라지는 영웅이었다.

영웅이 사라지자 천태산이 두근거리는 가슴을 쓸어내리며 중얼거렸다.

"이거 참, 주인님이 복수하시는데……. 시원해야 할지……. 말아야 할지……."

그러다 이내 표정을 굳히고 결연한 눈빛으로 다시 중얼거렸다.

"아냐! 그동안 우리가 당한 만큼 그놈들도 당해 봐야 해! 암! 어서 가서 주인님이 명하신 것을 준비해야지."

청와대 대통령 집무실에서 대통령과 참모들이 심각한 표정과 함께 무언가 대화를 나누고 있었다.

"하아……. 그러니까 우리에게 석유를 팔던 나라들이 전부 등을 돌렸다?"

"그렇습니다. 그들이 하는 말로는 그래도 당장 석유를 끊으면 우리가 곤란해지니 1년간의 유예기간을 주겠다고 합니다. 그마저도 확실하지 않습니다. 언제든 끊을 기세니까요."

"중동 말고 다른 곳은?"

대통령의 말에 다들 고개를 저었다.

"없습니다. 아시다시피 미국과 중국, 러시아와 유럽까지 가세해서 우리나라를 말려 죽이려고 하고 있습니다."

"이렇게까지 하는 이유는 역시 그 양자 에너지 건 때문인가?"

"맞습니다. 그것을 세계 공동 유산으로 풀면 제재를 풀어 주겠다는 것이 저들의 입장입니다."

"미친놈들……. 우리가 살아 보겠다고 바둥거려서 겨우 만들어 낸 과학적 산물을 넘겨달라니. 그냥 대놓고 내놓으라는 소리 아닌가!"

대통령이 어이가 없는 표정으로 참모들을 바라보며 소리쳤다.

참모들 역시 침통한 표정으로 고개를 숙이며 분을 삭이고 있었다.

양자 에너지.

공상과학에서나 봐 왔던 꿈의 에너지였다.

이것의 활용도는 무궁무진해서, 개발이 완료된다면 한국은 다시 한번 세계 최강의 국가가 될 것이다.

세계는 그것을 원치 않았고, 양자 에너지의 개발이 완료되기 전에 한국을 제재하기 위해 서로 손을 잡았다.

만약 그것이 개발되면 산유국들 또한 좋을 것이 없었기에 제재에 동참한 것이고, 지금의 이 상황을 초래했다.

"그게 전부가 아닙니다. 개발을 강행한다면 저의 생각이지만……. 단순 제재로 끝나지 않을 것입니다."

"그게 무슨 말인가?"

"이라크처럼 될 공산이 큽니다."

"우리를 공격한다는 소리인가?"

"그렇습니다. 최근에 들어온 첩보에 의하면 저들은 이미 비밀리에 준비하고 있다고 합니다."

"난관이로고……. 진퇴양난이야."

대통령이 이마를 짚으며 눈을 감았다.

그러다가 이내 분노한 표정으로 책상을 내려치며 소리쳤다.

쾅-!

"빌어먹을 매국노 새끼들! 도대체 어떤 새끼가 이런 기밀을 다른 나라에 퍼트린 것이야!"

그랬다.

양자 에너지 개발은 극비 중의 극비 사항으로 진행되고 있었다.

그런데 그 극비 사항이 누군가의 발설로 인해 알려진 것이다.

당장 미국 대사부터 시작해서 세계열강의 대사들이 청와대로 쳐들어왔고, 한국이 완강하게 버티자 이들은 한국을 제재하기로 마음먹은 것이었다.

"찾긴 했으나 이미 다른 나라로 도주한 상태고, 그 나라에서 그자의 신병을 넘겨주길 거부하고 있는 상태입니다."

"그러겠지. 빌어먹을! 젠장!"

쾅-!

분함을 참지 못하고 결국 다시 책상을 내려치는 대통령이었다. 분하지만, 도저히 빠져나갈 구멍이 없는 지금 이 상황이 정말로 미칠 것 같았다.

그렇게 숨이 막히는 적막이 흐르고 있을 때 누군가의 목소리가 들려왔다.

"호오, 그거 재밌는 이야기네요. 양자 에너지라……."

적막을 깨고 들려오는 목소리에 다들 목소리가 들린 방향으로 고개를 돌렸다. 목소리의 주인공을 본 사람들은 유령을 본 듯한 표정을 하고 있었다.

"새로 선출된 대통령님도 제가 잘 아시는 분이라 다행이네요. 모르는 분이면 어쩌나 하고 걱정했는데."

다들 멍하니 자신을 바라보는 분위기에서 영웅이 웃으며

말했다.

"응? 다들 분위기가 왜 이러죠? 저 그냥 다시 갈까요?"

영웅의 말에 대통령이 화들짝 놀라며 재빨리 달려 나와 영웅의 손을 잡았다.

"아, 아니요! 가, 가긴 어딜 가신단 말입니까! 절대로 못 가십니다!"

대통령을 시작으로 참모진들 전부가 영웅에게 달려들어 그가 도망가지 못하게 하려는 듯이 에워싸고는 눈물을 흘리기 시작했다.

"흑! 어, 어디 갔다가 이제야 오십니까!"

다들 영웅을 보자마자 그동안 당했던 설움이 폭발했는지 울먹거리며 말했다.

그런 그들을 영웅이 달래 가며 말했다.

"미안해요. 잠시 볼일이 있어서 다녀온다는 것이 좀 걸렸네요."

"아, 아닙니다! 오히려 저희가 죄송합니다. 괜히 저희 때문에 또 신경을 쓰게 만들었군요. 편하게 지내시게 두진 못할망정……."

"에이, 또 또 그러신다. 누누이 말하지만 누가 내 나라 건드리는 건 못 참는 성격이라고 말했을 텐데요. 자, 일단 자리에 앉아 봐요."

영웅의 말에 다들 눈물을 닦으며 고분고분 자리에 앉기 시작했다.

영웅은 가장 끝에 있는 빈자리에 앉아 사람들을 둘러보며 말했다.

"아까 흥미로운 이야기를 하던데, 한국이 버티면 저들이 결국 한국을 무력으로 공격할 거라고요?"

영웅은 이들이 대화하는 내용을 대부분을 들었다.

그것을 듣는 동안 열이 뻗쳐 당장 달려나가 저놈들을 모조리 씹어 먹고 싶었지만, 명분이 약했다.

원래 명분 따위는 잘 안 따지는 성격이긴 하지만, 이건 자신의 문제가 아닌 국가 간의 문제였다.

그랬기에 이번에는 확실한 명분을 앞세워 저들을 완전히 옭아매야 했는데, 그러던 중에 아주 흥미로운 이야기를 들은 것이다.

바로 저들이 한국을 무력으로 공격할 것이라는 말이었다.

영웅이 분명 전 세계에 경고를 내린 적이 있었다.

한국 건드리는 나라는 재미없을 줄 알라고 말이다.

그 경고는 확실했고, 다른 나라들은 한국의 눈치를 보며 살게 됐다.

영웅의 질문에 국가정보원장이 고개를 끄덕이며 대답했다.

"그, 그렇습니다. 현재 들어온 정보를 조합해 보면 그럴 확률이 매우 큽니다. 거기에 사방이 적들이라 저들이 정말로 우리를 공격한다면 빠져나갈 구멍도 없습니다."

"좋네요."

"네?"

"그들이 공격하게 놔두세요."

"그, 그게 무슨 말씀이신지?"

대통령이 의아한 표정으로 묻자, 한쪽 입꼬리를 올린 영웅이 그 이유를 말해 주었다.

"크큭, 내가 분명히 그들한테 경고했거든요? 한국 건드리면 재미없다고……. 그들이 공격하면 저에게 완벽한 명분이 생기는 거잖아요? 어떻게 재미가 없는지 보여 줄 수 있는 확실한 명분이 말이죠."

영웅의 말에 다들 몸을 부르르 떨었다.

방 안이 순식간에 한기가 가득 찬 것처럼 싸늘해졌다.

이들은 절대 깨워서는 안 될 금단의 무언가를 깨운 기분이 들었다.

하지만 이내 다들 고개를 흔들고는 정신을 다잡았다.

'지금 이 사태는 너희가 좌초한 것이다.'

다른 나라 사정을 생각해 주기엔 지금 한국이 처한 상황이 너무도 최악이었다.

그런 그들에게 영웅이 물었다.

"그 양자 에너지 개발은 시간이 얼마나 더 필요하죠?"

"거의 완성 단계라 앞으로 1년에서 2년 정도의 시간만 주어진다면 개발이 완료됩니다."

"그래요? 그럼 굳이 석유를 매장해 줄 필요는 없겠군요."

"네? 그게 무슨 말씀이신지?"

"아, 오래 걸린다고 했으면 중동이나 다른 나라에 매장되어 있는 석유를 전부 한반도 아래에 몰아넣으려고 했죠. 세계 최대 산유국이 되도록 말이죠."

"……."

영웅의 말에 집무실에 일순간 정적이 찾아왔다.

그 정적은 대통령의 말에 의해 깨졌다.

"그게 무, 무슨 뜻인지? 이해가 잘……."

"아, 새로운 능력이 생겼는데 다른 나라 자원들 전부 이곳으로 이동시킬 수 있는 능력? 암튼, 뭐 그런 거로 생각하세요."

영웅은 못 본 사이에 이들의 생각보다 더한 괴물이 되어 있었다.

그가 가진 막강한 힘만으로도 세계는 숨을 죽이며 살아왔는데 거기에 저런 말도 안 되는 능력이라니.

영웅이 중동에 있는 석유를 전부 없애 버린다면 어찌 되겠는가. 저 말대로라면 중동은 한순간에 몰락하고 만다.

다들 침을 꿀꺽 삼켰다.

"자, 뭐 이제 너무 걱정하지 마시고 국정이나 돌보세요. 제가 여기 일이 해결될 때까진 이곳에 있을 예정이니까."

"와아!"

"만세!"

영웅의 말에 대통령을 포함한 참모들은 심각한 표정을 하다가 이내 밝은 표정으로 바뀌며 손을 치켜들고 환호성을 내뱉었다.

그동안 자신들을 괴롭히던 일들이 영웅의 등장으로 한순간에 해결된 것이다.

당분간이라는 말이 살짝 거슬렸지만, 다들 그것을 크게 신경 쓰지 않았다.

＊

스위스 제네바.

이곳에서 세계열강의 지도자들이 모여 회의를 하고 있었다.

미국, 중국, 러시아, 일본, 유럽연합의 지도자들까지.

이들이 모인 이유는 단 하나였다.

한국.

"저들이 우리의 협상안을 거부했다고 합니다."

"흥! 아직도 자기들이 과거 강영웅이 있던 시절인 줄 아는 모양이군."

"그 괴물도 소행성을 막는 것은 무리였나 봅니다. 하하,

그렇게 갈 줄이야."

"그러니까요. 소행성으로 인해 우리가 가장 큰 이득을 본 셈이 되는군요, 하하."

강영웅이라는 단어가 나오자 저마다 그에 관한 이야기를 꺼내기 시작했고 이내 장내가 시끌벅적하게 변했다.

탕탕탕—!

"조용! 조용히 하세요! 지금 여기 개인적인 이야기를 하려고 모인 것은 아니지 않습니까. 각 국가의 미래가 걸린 중차대한 사안을 결정하기 위해 모인 자리인데 다들 진중하게 참여 바랍니다."

미국 대통령이 책상을 세게 내려치며 떠들썩한 분위기를 잠재웠다.

다들 다시 진지한 표정으로 이번 주제에 관해 이야기를 풀어 나가기 시작했다.

"그럼 어찌할까요? 일단 모든 산유국에 언제든지 석유 수출을 금지할 수 있도록 조처해 두었습니다."

"반발은 없던가요?"

"반발이 있을 리가 있습니까? 양자 에너지가 정말로 개발되면 가장 큰 피해를 보는 것은 바로 자기네들인데요."

"그럼 한국을 무력으로 점령하는 것에 다들 동의하시는 겁니까? 동의하시는 분은 거수해 주십시오."

미국 대통령의 말에 다들 고개를 끄덕이며 손을 들었다.

만장일치였다.

"만장일치군요. 한때 우방이었던 나라를 이렇게까지 해야 한다는 것이 마음이 아프지만 어쩔 수 없군요. 최대한 신속하게 피해가 크지 않는 선에서 마무리를 짓는 쪽으로 합니다."

"그럽시다, 크크. 나도 이웃 나라를 이렇게 억압하는 것에 마음이 아프다오."

중국의 총서기관이 입가에 비열한 미소를 지으며 말했다.

일본의 총리는 그저 보일 듯 말 듯 미소를 지으며 자신 앞에 놓인 차를 홀짝거렸고 다른 나라의 정상들도 마음에도 없는 소리를 해 댔다.

"자, 그럼 한국을 무력으로 제압하는 안이 통과되었으니 그에 대한 준비를 하도록 합시다. 우리 미국은 마지막으로 한국에 다시 한번 요청해 볼 생각입니다. 물론, 오늘 정해진 결정에 대해서도 말해 줄 생각이고요."

"하하, 너무 잔인하신 것 아닙니까? 그걸 미리 말해 줘서 굳이 한국의 국민을 벌써 공포에 몰아넣을 생각을 하시다니요."

"정말로 국민을 생각하는 정부라면 항복하고 양자 에너지를 우리에게 넘기겠지요."

"제발 그래야 할 텐데요. 우리도 무력을 사용하면 이런저런 비용이 많이 들어서 말입니다."

"그 비용은 당연히 한국에 청구해야지요, 무슨 소립니까.

자기들의 억지 때문에 전쟁이 일어나는 셈인데."

"맞습니다. 저희 일본은 비용은 필요 없고 다케시마를 돌려받기만 하면 됩니다."

"하하, 일본은 정말 겸손하시군요. 겨우 그 돌섬 하나로 만족하신다니. 우리 중국은 제주도면 충분합니다, 하하하."

다들 한국을 무력으로 제압하는 것을 기정사실로 두고 그 대가로 무엇을 챙길지만 생각하고 있었다.

그 모습이 마치 개화기 시절 조선을 연상케 하고 있었다.

다만, 그때와는 다르게 지금의 한국에는 무시무시한 괴물이 있었고, 현재 그 괴물은 한국에 돌아와 있다.

이들은 앞으로 자신들에게 닥칠 재앙을 모른 채 웃고 떠들며 회의를 마쳤다.

───

한국 인터넷에 괴소문이 돌기 시작했다.

세계의 열강이 조만간 한국을 상대로 전쟁을 선포할 것이라는 소문이었다.

소문은 순식간에 인터넷을 뜨겁게 달구었고 사람들은 이 소문의 사실 여부를 속 시원하게 말해 주길 바랐다.

하지만 정부는 그런 괴소문에 현혹되지 말라며 아무 일도 없을 테니 걱정하지 말라는 소리만 되풀이했다.

국민은 불안했다.

물론, 정부를 못 믿는 것은 아니지만, 지금 한국에는 자신들을 든든하게 지켜 주던 히어로가 없었다.

그가 사라지고 난 뒤에 어떤 수모를 당하며 살아왔는가.

국민이 저 소문을 믿는 것도 그동안 당했던 것이 트라우마가 되었기 때문이었다.

한국의 국민은 해외도 쉽게 나갈 수 없었다.

테러 단체들이 가장 먼저 노리는 것이, 한국인과 한국 국적의 배였다.

한국 국민들의 울분은 계속 쌓였다.

히어로 강영웅이 한국 국적이었고 그로 인해 한국이 많은 혜택을 받은 것은 사실이지만, 그가 한국만을 위해 일한 것도 아니었다.

그는 온 세계를 다니며 세계의 악들을 처단했고 지구에 닥치는 위험도 막아 주었다.

마지막에는 자신의 몸을 희생하여 지구 멸망을 막아 주기까지 했다.

그런데 그가 사라지고 난 뒤에 어찌 되었는가.

은혜를 알기는커녕 그가 있었다는 이유 하나로 못 잡아먹어서 안달이 났다.

나라의 경제는 점점 나락으로 떨어졌고, 한국인들이 있는 곳에 테러를 자행하는 탓에 한국인들의 입국을 금지하는 나라도 늘어 갔다.

이제 더는 세상 사람들이 환호하던 한국이라는 나라는 없었다.

그 때문에 국민의 피로도는 극에 달해 있었다.

그런 상황에서 전쟁이 터진다는 소문까지 도니 나라가 난리가 난 것이다.

하루가 멀다 않고 시위가 이어졌고, 한국에 거주하던 외국인들은 발 빠르게 빠져나갔다.

한국에 투자했던 기업들은 투자금을 회수하기 시작했고, 그로 인해 나락으로 떨어지던 한국의 경제가 더더욱 깊은 수렁 속으로 빠져들었다.

그렇게 불안한 나날을 보내던 어느 날, 미국 대통령이 대국민 담화를 통해 전쟁을 선포했다. 한국은 말 그대로 패닉에 빠졌다.

도망갈 곳도 없었다.

그렇다고 맞서 싸우기엔 상대가 너무도 강했다.

다들 절망 속에서 부디 큰 피해가 없이 이 상황이 지나가기만을 바랐다.

그러던 중에 이번 전쟁의 원인이 한국에서 개발 중이던 양자 에너지 개발 때문이라는 소식이 들려왔다.

양자 에너지라는 엄청난 기술력을 한 나라가 독점하면 너무 위험하니 평화롭게 모든 나라가 같이 공유하며 사용하자는 요청을 한국이 거절했기에 벌어진 일이라는 것이었다.

이 소식으로 국민은 양분되었다.

양자 에너지를 넘기고 평화롭게 지내자는 사람들과 나라의 미래 기술을 끝까지 수호해야 한다는 사람들로 나뉘었고, 그로 인해 혼란은 더더욱 가중되었다.

그렇게 혼란한 가운데 연합국의 함대가 태평양에 모여 대열을 이룬 뒤에 서서히 한국을 향해 다가오고 있었다.

이 모든 것은 전 세계에 생생하게 생중계되었고, 한국에서도 마찬가지였다.

정말로 전쟁이 현실이 되자, 머지않아 나라 전체가 불바다가 될 것이라는 공포가 커지기 시작했다.

그 때문에 양자 에너지를 넘겨야 한다는 주장이 힘을 받기 시작했고 사람들은 광분하며 폭력 시위를 시작했다.

그러나 혼란스럽던 한국은 한 남자의 등장으로 일순간 모든 소란이 멈추었다.

생중계되는 화면에 등장한 한 남자.

익숙한 실루엣과 공중에 둥실거리며 떠 있는 남자.

그런 인간은 지구상에 오직 한 명뿐이었다.

강영웅.

그가 연합군의 함대가 있는 곳에 나타난 것이었다.

모든 촬영 카메라는 일제히 남자를 향해 줌인했고 강영웅의 얼굴이 4K 화질로 전 세계의 모든 화면에 생생하게 출력되었다.

한쪽 입꼬리만 올린 채로 한국을 향해 전진하던 연합군의 함대를 바라보는 그의 모습에, 한국을 제외한 전 세계의 모든 국가의 국민은 오한을 느꼈다.

그리고 그의 목소리가 모든 방송에 또렷하게 출력이 되었다.

"내가 분명히 한국 건드리지 말라고 했을 텐데? 그럼 재미없는 일이 벌어질 것이라고."

그 말에 전 세계 사람들은 주저앉았고 엎드려 그에게 간절히 기도하는 사람들이 등장했다.

제발 자신의 나라가 저 연합국에 끼어 있지 않기를 간절히 바라는 사람도 있었다.

전 세계 모든 사람이 경악하고 있던 그때.

심장이 떨어질 정도로 놀라고 있는 사람들은 바로 연합국의 함대에 있는 사람들이었다.

"헉! 저, 저게 뭐야!"

"미친! 죽었다며!"

"사, 사령관님! 가, 강영웅입니다! 어, 어찌합니까?"

병사들은 패닉에 빠졌고 사령관은 정신이 나간 얼굴로 아무 말도 못 하고 허공에 떠 있는 강영웅을 바라만 보았다.

"사령관님!"

부관의 외침에 총사령관이 고개를 천천히 돌리며 되레 물었다.

"뭘 어쩌라고? 저자를……. 우리가 어찌할 수 있다고 생각해?"

"그럼 이대로 돌아갑니까? 저자는 이제 우리 연합국의 적입니다!"

"적? 적이라고? 하하하. 이봐, 적이라는 것은 상대할 수 있는 것을 지칭하는 거야. 저자는 적이 아니야. 아니 적이 될 수가 없지. 상대가 안 되는데 어찌 적이 되나."

사령관이 부관을 바라보며 어처구니없다는 표정을 지으며 말하자 부관 역시 얼굴을 붉히며 외쳤다.

"사령관님! 그렇다고 이렇게 아무것도 하지 않고 돌아갈 수는 없습니다!"

"뭐? 지금 자네 제정신인가? 자네야말로 헛소리하지 말게. 정신 차리고 항복 깃발이나 올리게!"

"사령관님! 다시 생각해 보십시오. 이상하지 않습니까?"

사령관이 명령을 내렸지만, 부관은 사령관의 명령을 자꾸 거부했다. 군법대로라면 곧바로 징계를 내려야 하지만, 사령관은 그런 부관을 벌하지 않고 지그시 바라보며 물었다.

이렇게까지 말하는 이유가 궁금했던 것이다.

"그게 무슨 소리인가? 아니면 뭔가 뾰족한 방법이라도 있는가? 저 괴물을 상대할 방법 말일세!"

"방법이 아니라 뭔가 이상하지 않습니까? 갑자기 이때 저 자가 이곳에 등장한 이유 말입니다."

"이유?"

"그렇습니다. 여태껏 모습을 드러내지 않고 있다가 한국 이라는 나라가 위기에 처하니 겨우 모습을 드러냈습니다. 제 생각에 저자는 한국이 저희를 현혹하기 위해 만든 가짜 입니다!"

"하하하하! 가짜라고? 저길 보게. 하늘에 떠 있네. 저걸 지 금 가짜라고 하는 것인가? 그보다 이 함대 앞에서 저렇게 당 당한 모습으로 나설 수 있다고? 자칫하면 공격을 받아 뒈질 수도 있는데?"

"뭔가 수를 쓴 것이 아닐까요? 제가 듣기로는 미국 외 강 대국들이 진행하던 뮤턴트 프로젝트가 성공했다는 소문을 들었습니다. 과거 영웅과 같은 엄청난 능력을 갖춘 초인들을 만들어 냈다는 뜻이죠. 한국도 그 비슷한 실험을 했을지도 모르고, 그 결과가 저 가짜일 수도 있습니다."

6장

부관의 말을 들은 사령관이 자신의 턱을 쓰다듬으며 잠시 생각하더니 고개를 끄덕이며 답했다.

"흠, 자네 말도 일리가 있군. 맞아, 뮤턴트 프로젝트. 그게 있었군."

뮤턴트 프로젝트는 인간을 초인으로 만드는 연구였다.

영웅이 사라지기 전부터 연구가 진행되고 있었고, 영웅이 사라지고 난 뒤에 그 성과가 나오기 시작했다.

아직 세상에는 등장하지 않았지만, 이미 엄청난 능력을 지닌 초인들이 탄생했으리라고 생각하는 자들이 많았다.

사령관이 인정하자 부관은 신이 나서 더 이야기했다.

"제 지인이 정보부에 있습니다. 그에게 얼핏 들은 이야기로는 프로젝트가 성공적으로 완료되었고, 혹시라도 영웅이 다시 나타난다고 해도 그 초인들이면 충분히 대응 가능하다고 생각하고 이번 전쟁을 시작했다고 합니다."

"호오, 그런가?"

미국의 함대에서 이런 대화가 오가고 있을 때, 일본의 함대에서 갑자기 미사일 수백 발이 나와 영웅을 향해 날아올랐다.

푸슈슈슈아아악-!

쿠아아아아-!

그 광경을 지켜본 다른 국가의 함대들은 경악했다.

"미친! 미친 거 아냐?"

"이, 일본이 강영웅을 공격한다!"

"제, 제정신이 아니야!"

그 광경에 미국 함대의 사령관이 부관을 보며 아까와는 달리 태연한 자세로 말했다.

"이제 알 수 있겠군. 저자가 가짜인지 아닌지 말이야."

"진짜여도 상관없습니다. 이미 우리에겐 초인들이 있으니까요."

"자네 말대로 정말로 그랬으면 좋겠군. 아니라면 우린 다 끝이니까."

사령관의 말에 부관은 침을 꿀꺽 삼키며 영웅이 있는 곳을 바라보았다.

제발 자신이 방금 말한 뮤턴트 프로젝트가 사실이기를 바라면서.

모두의 시선이 한곳으로 집중되고 있는 가운데, 일본함정
에서는 그들을 지휘하는 사령관이 연신 외치고 있었다.

"조센징 놈들이 이 사태를 막기 위해 술수를 쓰는 것이다!
우리가 밝혀야 한다! 저놈은 가짜야! 공격해! 산산조각을 내
버려라!"

"하잇! 모든 무기를 총동원하여 저자를 공격하라!"

일본 함대 역시 미국 함대의 부관과 같은 생각을 하고 먼
저 행동에 나선 것이었다.

쾅쾅—!

전함들의 앞에 있는 함포까지 불을 뿜기 시작했고, 바닷속
에 있는 잠수함에서도 미사일들이 바닷물을 헤치며 솟아오
르고 있었다.

이러한 일본의 공격은 고스란히 영웅을 향해 날아갔고 그
에게 전부 적중했다.

퍼펑— 콰콰쾅— 쿠콰콰쾅—!

수십 가지가 넘는 폭발음과 함께 자욱한 연기 사이로 끝도
없이 폭발이 일어났다.

다른 나라 함정들은 그저 그것을 묵묵히 지켜만 보고 있었
다.

일본 함정에 있던 모든 무기가 소진되었는지 이내 바다는
조용해졌고, 끊임없이 폭발하던 영웅이 있던 곳의 연기가 강

한 해풍에 의해 빠르게 사라지고 있었다.

연기가 순식간에 걷힌 그 자리에는 여전히 아까와 같은 자세로 떠 있는 영웅이 있었다.

"으아악! 진짜다! 진짜야!"

"배, 배를 돌려! 도, 도망가야 해!"

"하, 항복 깃발을 올려! 어서!"

영웅의 멀쩡한 모습에 다들 패닉에 빠진 채 난리가 났다.

미국 함대의 사령관과 부관 역시 충격 속에 빠진 채 그 장면을 보고만 있었다.

"이제 되었는가? 자네가 말한 초인들은 멀리 있고 저기 강영웅의 주먹은 가깝군."

"그, 그렇습니다! 지, 지금 당장 하, 항복 깃발을 걸겠습니다!"

그런 사람들을 더욱더 충격과 공포에 빠지게 하는 장면이 뒤이어 일어났다.

일본의 수십 척이 넘는 함정들과 잠수함들이 일제히 허공으로 떠오르기 시작한 것이다.

허공에 떠오른 함정들은 기이한 소리를 내며 서서히 뒤틀렸다.

끼기기기긱- 끼이이익-!

쩌적- 쩌저적-!

"배, 배가 뒤, 뒤틀리고 있어!"

"오, 신이시여! 저희를 구원하소서!"

배 안에 있던 일본군은 공포에 빠진 채 아우성을 치고 있었다.

그 와중에 바다로 뛰어내리는 일본군도 있었다.

하지만 그들은 바다에 빠지지 못했다.

뛰어내리는 모든 이들까지 허공에 둥둥 떠오르고 있었다.

"서, 설마 인간들도 모조리?"

자신들이 아는 강영웅은 불살의 히어로였다.

물론 그렇다고 그가 잔인하지 않다는 것은 아니었다.

차라리 죽는 것이 더 편안할 정도로 그는 잔인함의 대명사였으니까.

다들 침을 꿀꺽 삼키며 바라보았다.

모든 배 안에서 사람들이 개미굴에서 나오는 개미들처럼 쏙쏙 밖으로 빨려 나왔다.

허공 위에서 일본군들이 패닉에 빠진 모습으로 둥둥 떠 있는 모습은 다른 나라 군함에 있는 병사들에게 큰 충격을 주었다.

군함 속에 있는 사람들을 모조리 꺼낸 영웅은 한쪽 입꼬리를 말아 올리며 말했다.

"너희는 아주 상습적이구나? 너희는 전에도 내가 건드리면 어찌 되는지 직접 한번 보여 준 거 같은데 말이야."

그 말이 끝남과 동시에 일본이 총력을 다해 완성한 함대가 종잇장 구겨지듯이 구겨지기 시작했다.

우지직- 꽈지직-!

거대한 전함들이 압축되면서 그 안에 있던 무기들이 폭발하기 시작했다.

콰쾅- 쿠콰콰쾅-!

배가 터져 나가는 그 모습이 마치 폭죽이 터져 나가는 것 같았다.

퍼펑- 파파파팍-!

그렇게 터져 나간 군함들은 어느새 산산조각이 난 채로 바다로 떨어졌다.

그 모습에 일본군들은 기절하거나 정신을 놓기 일보 직전이거나 정신이 나가 헛소리를 중얼거리고 있었다.

그러거나 말거나 영웅은 눈을 돌려 나머지 함대를 바라보았다.

남은 함대의 갑판 위에는 항복을 뜻하는 하얀 깃발들이 펄럭이고 있었다.

영웅은 그것을 보고는 피식 웃고는 손을 뻗었고 이내 펄럭이던 하얀 깃발들이 모조리 불타 버렸다.

"나는 너희의 항복을 보지 못했다."

깃발을 모조리 태운 영웅이 사악하게 웃기 시작했다.

"아, 안 돼……."

그제야 연합국 함대들은 사태의 심각성을 제대로 인지했

다. 자신들이 너무 쉽게 생각한 것이었다.

그래도 일말의 희망을 품고 누군가가 큰 소리로 외쳤다.

"용서해 주시오! 다, 당신은 지구의 영웅이 아닙니까!"

다들 그 사람의 말에 희망을 품고 영웅을 바라보았다.

지구의 히어로.

그런 그가 이런 불합리한 일을 할 리 없다는 희망이었다.

하지만 영웅의 입에서 나온 말은 그런 그들의 희망을 무참히 꺾어 버렸다.

"누가? 내가? 나 지금 이 순간은 히어로 아닌데? 분노한 한 나라의 국민일 뿐이야."

"그, 그런……."

"자, 이제 벌을 받을 시간이다."

영웅이 미소를 지으며 손을 뻗자, 모든 함선에 있는 사람들이 밖으로 빨려 나왔다.

"으아아악!"

"사, 살려 줘!"

"자, 잘못했습니다!"

"용서해 주세요!"

"어머니!"

수만에 달하는 사람들이 허공을 가득 메웠고, 사람들은 마구 허우적거리며 일본군처럼 패닉에 빠졌다.

그리고 일본이 당한 것처럼 바다에 있는 모든 전함과 항공

모함 들이 일제히 공중으로 떠올랐고 일본의 전함처럼 구겨
지더니 일제히 폭발하기 시작했다.

워낙에 많은 함선이 폭발하는 통에 제법 시간이 걸렸다.
그곳의 하늘은 검은 연기로 가득 차 한 치 앞도 보이지 않을
정도였다.

이 모든 장면은 전 세계로 생중계 중이었고, 이것을 실시
간으로 지켜본 사람들은 경악했다.

그리고 이들을 더욱더 경악하게 만드는 영웅의 한마디에
사람들이 거리로 뛰쳐나와 정부를 규탄하게 만든 계기가 되
었다.

"분이 안 풀리는데⋯⋯. 히어로고 나발이고 악당으로 전
직해서 깽판 치고 다닐까?"

세계 사람들이 들으라고 하는 소리다.

영웅이 악당이 된다?

그것만큼 끔찍한 소리가 또 어디에 있을까?

다들 극심한 공포에 떨고 있을 때 영웅이 희망의 말을 뱉
었다.

"마지막이야. 한 번만 더 이런 사태가 일어나면⋯⋯. 아
주, 나 제대로 삐뚤어질 거니까. 내가 삐뚤어지면 어떤 사태
가 일어나는지 이번에는 맛만 살짝 보여 주지."

그리 말하고 자신을 촬영하고 있는 무인 드론들을 향해 손
가락을 까닥거렸다.

따라오라는 소리였다.

영웅은 이동하기 전에 허공에 떠 있는 사람들을 바라보고
는 손을 휘저었다.

퓨퓨퓨퓨–!

그러자 그 사람들이 하나둘씩 증발하기 시작하더니 이내
하늘을 가득 메웠던 수많은 사람이 전부 흔적도 없이 자취를
감췄다.

영웅은 자신을 찍고 있는 카메라를 바라보며 말했다.

"사하라 사막 한가운데에 던져 놓았으니 구하려면 지금이
라도 움직이든가. 다시 말하지만, 이번이 마지막 기회야. 다
음에 또 이러면 달에 던져 버릴 거야."

그리 말하고 다시 몸을 움직이는 영웅이었다.

한때 이런 소문이 돌았었다. 영웅이 분노해서 일본을 뒤집
어 놓고 일본의 함대 전체를 박살 내서 도쿄에 뿌린 적이 있
다는 소문.

일본에서는 창피했는지 쉬쉬하고 모든 정보를 통제했기에
정확한 정보를 알 길은 없었다.

그런데 오늘 그 소문이 사실이라는 것을 온 세상이 알게
되었다.

압도적인 힘.

그리고 압도적인 능력.

그의 앞에 병력의 수도 그 어떤 병기도 위력도 의미가 없

음을 깨달았다.

이제 세계는 영웅이 사라져도 절대로 한국을 쉽게 건드리지 못할 것이다. 언제든 그가 다시 나타날 수 있다는 것을 깨달았으니까.

───※───

아프카니스탄 북부 황량한 사막지대.

영웅이 자신을 촬영하는 무인 드론들을 대동하고 나타난 곳이다.

"가장 먼저 여기부터 시작하지. 여기가 어디냐고?"

영웅이 자신을 비추는 무인 드론을 바라보며 말했다.

"너희가 그토록 찾아 헤매던 테러 단체 엘 라이즈엠의 본거지다. 지금부터 한국을 건드린 악당 놈들이 어찌 되는지 보여 주지."

그리 말하고는 아래를 바라보며 중얼거렸다.

엘 라이즈는 전 세계의 골칫덩이와도 같은 테러 단체였다.

그들은 돈이 되는 것이라면 그것이 무엇이든 가리지 않고 행했다. 그랬기에 누구보다 영웅과 충돌이 많은 조직이기도 했다.

그 때문에 영웅에 대한 원한과 적개심은 전 세계 모든 테러 단체 중에서도 톱에 속할 정도로 높았다.

영웅이 사라지자 제일 먼저 움직인 이들도 바로 이들.

그들이 테러한 여객기만 수십 대에 달할 정도였다.

하이재킹이 아니었다.

그냥 폭파해 버렸다.

그래서 한국 항공 여객기는 아무도 타지 않는 기피 항공사가 되었다.

영웅은 이들의 형태에 가장 분노했다.

그래서 가장 먼저 이들부터 처리하기 위해 이곳으로 온 것이다.

"개미굴처럼 잘도 이런 곳에 기지를 만들어 두었네. 아, 참고로 말하지만 나는 지구 전체를 투시할 수 있다. 어디에 기지를 지었든 전부 나한테 보인다는 말이지. 자, 이제 내가 얼마나 화가 났는지 보여 주지."

그렇게 말하고는 지면을 향해 손을 뻗었다. 이내 거대한 지진이라도 일어난 것처럼 땅이 일렁였다.

일렁이던 땅은 마치 액체가 된 것처럼 출렁거렸고, 그 안에서 거대한 폭발이 연달아 일어나기 시작했다.

폭발의 강도가 점점 강해지면서 출렁이던 지면이 솟아올랐다.

그리고 솟아오른 지면이 엄청난 위력으로 터져 나가며 시뻘건 용암을 마구 분출했다.

콰콰콰쾅ㅡ!

쿠르르르릉—!

사막 한가운데에 거대한 화산이 폭발한 것이다.

어찌나 엄청난 위력의 폭발이었는지 화산재가 1,000Km 까지 날아갔고, 화산재가 중동 지역 전체를 뒤덮었다.

그것을 촬영하던 드론들은 화산 폭풍으로 날아갈 뻔했다.

영웅은 드론들이 박살 나지 않도록 방어막을 펼쳐 보호했다.

지금은 전 세계에 경고해야 하기 때문이었다.

폭풍으로 인해 정신없이 흔들리던 기체가 안정되자, 드론들이 다시 지면을 촬영하기 시작했다.

현대 과학의 엄청난 발전은 이 참상을 생생한 화질로 전 세계 사람들에게 중계해 주었다.

분명히 그 기지에는 많은 사람이 있었을 텐데, 영웅은 기지가 있는 곳에 그대로 화산을 터트려 버린 것이다.

이제 그곳은 흐물거리는 땅과 뒤섞인 용암이 한데 어우러진, 하나의 지옥과도 같은 풍경이 되었다.

"오늘부터 세상 곳곳에 이런 현상이 일어날 거야. 이런 현상이 일어났다면 내가 다녀간 것이라 보면 돼. 이제 내 능력을 보았으니 앞으로 어찌해야 할지 잘 알겠지?"

영웅은 지옥도로 변한 지상을 바라보며 계속 말했다.

"아! 그리고 한 가지 더. 내가 불살이라고 하는데…… 이제 아니야. 참고하도록."

그리 말하며 살기 가득한 눈빛으로 카메라를 응시했다.

영웅의 살기는 그의 의지였고, 그대로 카메라를 통해 전세계 사람들에게 전달되었다.

그 순간 전 세계 여기저기서 기절하는 사람들이 속출했다. 공포에 미친 사람들도 등장하면서 한바탕 난리가 났다.

"그리고 한국, 한국인 테러한 놈들…… . 기다려라. 전부 세상에서 지워 줄 테니…… ."

영웅의 한마디에 한국을 공격했던 테러 단체와 악당 들은 초비상이 걸렸고, 다들 대피를 하기 위해 정신없이 움직이기 시작했다.

그렇게 다급하게 움직이는 통에 그들은 보지 못했다.

카메라에서 순식간에 자취를 감추는 영웅의 모습을.

미국 네바다주 51구역.

다섯 명의 남자가 각자 편한 자세로 영웅이 나오는 텔레비전 화면을 보고 있었다.

텔레비전에선 하루 종일 엘 라이즈 기지가 날아가는 장면을 틀어 주며 긴급 방송을 하고 있었다.

"강하긴 하군."

영웅이 엘 라이즈 기지를 날리는 모습을 본 소감이었다.

다른 이들처럼 공포에 떨지도 않았고 그저 흥미로운 표정으로 그것을 지켜볼 뿐이었다.

"그래도 우리한테는 안 돼. 알잖아. 영웅의 과거 행적을 기반으로 우리가 탄생한 거."

"크크, 그렇지. 어찌 보면 강영웅은 우리에게는 아버지 같은 존재인가?"

"뭐 비슷하긴 하지. 낄낄."

이곳에 모여 있는 이들은 바로 뮤턴트 프로젝트의 결과물들이었다.

인간들이 만들어 낸 초인들.

그들의 능력은, 과거 영웅의 힘을 참고로 만들어졌지만 강영웅이 보였던 힘보다 더 강하게 발전된 상태였다.

한 사람에게 그 능력을 모조리 집어넣었더니 몸이 감당을 못 해 이렇게 다섯 사람에게 나누어 능력을 집어넣었다.

능력을 발휘할 수 있는 수에서는 각자가 강영웅에게 밀릴지라도 한 가지 능력에서는 강영웅을 압도할 정도로 강하게 만든 것이다.

"출동 명령은 아직인가?"

"아직이다. 미국에는 직접적인 피해가 없으니 잠시 대기하라는 것 같군."

"쩝, 잔뜩 기대하고 있는데 김새네."

"내가 듣기로는 유럽 쪽에서 먼저 우리와 같은 초인들을 투입할 모양인가 봐. 우리 쪽은 그것을 보고 결정할 모양이더군."

"젠장! 그럼 우리는 강영웅과 싸울 수 있는 기회를 뺏길 수도 있는 거잖아!"

"진정해, 잭트리. 유럽 놈들 알잖아. 기술력도 없으면서 콧대만 높은 거. 분명 형편없을 거야."

"루크아이언, 그런 방심이 나중에 큰 화로 돌아오는 거다."

짧은 금발 남자의 이름은 잭트리 그리고 민머리의 흑인은 루크아이언이었다.

"흥! 힘들게 우리까지 투입할 필요 없이 뮤턴트 X 광선을 사용하면 되는 거 아냐? 우리 같은 초인을 제압하기 위해 가장 먼저 만든 무기잖아."

"워워! 진정해, 진그라운드. 그 무기의 탄생은 예견된 것이잖아. 너도 짐작은 하고 있었잖아. 우리의 존재는 그 무기를 만들기 위해 있었다는 것을. 강영웅 같은 천둥벌거숭이가 또다시 지구를 혼란 속에 몰아넣지 못하게 하기 위한 예방책이야."

"쳇! 욘파이어 너는 만사가 너무 긍정적이야. 기껏 초인이 되었는데 강영웅 같은 삶은커녕 이런 지하 골방 같은 곳에서 썩고 있잖아!"

그렇게 떠들고 있을 때 가운데에 앉은 거대한 덩치의 남자가 나직하게 말했다.

"조용. 텔레비전에서 뭐라고 하는지 안 들린다."

그에 다른 이들은 떠드는 것을 멈추었다.

이 남자가 바로 이 초인들의 리더 톰워터였다.

장내가 조용해지자 티비에서 아나운서가 떠드는 소리가 선명하게 들려왔다.

["방금 들어온 속보입니다. 소문만 무성하던 초인 프로젝트가 실제로 존재하고 있다고 합니다. 현재 유럽연합에 소속되어 있는 초인들이 지구 곳곳에서 날뛰고 있는 강영웅을 막기 위해 움직이기 시작했다는 소식입니다."]

아나운서의 흥분된 목소리가 적막해진 방 안을 채우고 있었다.

["초인들의 힘은 과거 우리가 알던 강영웅과 비슷한 수준이라고 합니다. 아! 방금 또 속보가 들어왔습니다. 현장 중계를 한다고 합니다! 유럽연합에서 파견한 초인들과 강영웅의 대결을 현장으로 생중계할 예정이라고 합니다! 네? 뭐라고요?"]

현장 생중계라는 말에 흥분하던 아나운서는 뒤이어 들어온 소식을 듣고는 황당한 표정을 지었다.

그러다가 생방송이라는 사실을 자각하고는 재빨리 표정을

바꾸어 사과했다.

["아! 죄송합니다. 잠시 방송이 고르지 못했던 점 사과드립니다. 생중계 관련 소식이 너무도 황당하여 잠시 대응하지 못했습니다. 중계방송을 보고 싶다면 방송국당 5억 달러를 지급하라고 했다는 소식입니다."]

"미친!"

"유럽 놈들이 그렇지 뭐. 크크크."

"하여튼 웃기는 놈들이야."

"야, 우리는 어쩔래? 우리도 붙게 되면 저렇게 중계해 줘야 할 거 아냐."

"유럽 놈들에게 질 수야 없지. 우린 10억 달러 부르자."

"크크크, 그거 좋네."

다시 서로 농담을 주고받으며 낄낄거리기 시작했다.

잠시도 조용히 있지 못하는 성격들이었다.

리더인 톰워터는 그런 이들을 보며 한숨을 쉬며 고개를 저었다.

그리고 다시 텔레비전에 집중하기 시작했다.

쿠콰콰쾅-!

남미 어느 지역.

광활한 코카나무 농장에 엄청난 폭발과 함께 커다란 분지
가 생겨났다.

영웅은 하늘 위에서 지면이 녹아내려 암석화되고 있는 광
경을 아무런 감정 없이 바라보고 있었다.

"이곳이 마지막인가?"

그랬다.

방금 영웅이 날려 버린 코카나무 농장이 세상에 남은 마지
막 농장이었다.

물론, 이곳에 오기 전에 카르텔 본거지를 날려 버리고 오
는 길이었다.

지금 전부 없애도 머지않아 다시 생겨나겠지만, 적어도 이
제 다시 대드는 일은 없을 것이라 확신했다.

전엔 적당히 괴롭히는 것으로 끝냈지만, 지금은 아니었다.

불살(不殺)이 아니라 멸살(滅殺)을 하는 중이었다.

이곳을 기점으로 지구상에서 자신이 알고 있던 악의 조직
들을 전부 지워 버린 영웅이었다.

이제는 한국을 괴롭힌 나라들에 경고할 시간.

물론 그들에게 경고하고 다시 돌아가야 해서 이곳에 자신
은 없겠지만, 그 뒤의 일은 또 방법이 있었다.

가장 먼저 앞장서서 한국 괴롭히기에 나섰던 일본부터 손
보기 위해 몸을 움직이려는 찰나, 무언가가 자신을 향해 날

아오는 것이 느껴졌다.

"이제야 나타나는군. 언제 오나 기다렸다."

영웅은 자신을 향해 날아오는 이들이 누군지 알고 있는 눈치였다.

"지구 전체를 스캔했을 때 느껴졌던 기운들. 특별한 인간들을 만들었나 보다 생각했는데, 예상외로 제법인데?"

영웅은 초인의 존재를 이미 알고 있었다.

그들을 그냥 내버려 둔 것은 이런 소소한 재미 때문이었다.

이제 막 지루해지려는 찰나에 나타나는 작은 미니 게임 같은 존재들.

영웅은 입가에 미소를 띤 채 그들이 오기를 기다렸다.

그렇게 기다린 지 10분 정도가 지났을까?

가장 먼저 무인 드론이 날아와 영웅을 비추기 시작했고, 그 뒤로 네 명의 남녀가 쫄쫄이 복장을 한 채 날아왔다.

그 모습에 영웅이 풋 하고 웃었다.

"뭐냐, 너희? 그 복장은 또 뭐냐? 지구에 새로운 히어로들이냐?"

영웅의 비웃음에 이들은 기분이 나빴는지 발끈했다.

"그래! 우리가 이제 이 지구의 새로운 히어로들이다! 과거엔 네놈이 그랬을지 모르지만, 지금의 네놈은 지구에 분란을 일으키는 악의 종자일 뿐이다!"

"내가? 내가 악의 종자라고? 진짜? 진짜로 그걸 원해?"

영웅의 말에 처음 말한 남자가 움찔했다.

이상했다.

분명 듣기로는 자신들의 힘이 강영웅을 능가한다고 들었는데 몸의 반응은 아니었다.

몸 전체에서 심각한 경고를 보내고 있었다.

당장 도망가라고.

하지만 남자는 그런 몸의 경고를 무시했다.

그저 어렸을 적부터 봐 왔던 강영웅의 모습에 긴장한 것이라 치부한 것이다.

"그걸 원하는 것이 아니고 지금 네 모습을 봐라! 너는 오직 복수에 눈이 멀어 세상을 혼란에 빠뜨리고 있다! 우리가 너를 막을 것이다!"

"네네! 알겠습니다. 그럼 어디 한번 실력 좀 볼까?"

영웅이 입가에 미소를 지으며 네 사람을 바라보았다.

"대장! 뭐 해! 명령을 내려!"

"맞아요! 더는 저자가 우리를 무시하는 꼴을 보고 싶지 않군요."

"내가 먼저 갈까? 응? 그럴까?"

동료들의 재촉에 선두에 있던 남자가 주먹을 불끈 쥐며 외쳤다.

"A 포메이션으로 간다!"

"오키!"

"호호! 이날을 얼마나 기다렸는지! 어디 실력 좀 볼까요? 강영웅 씨?"

대장의 외침에 팀 내 유일한 여성이 먼저 몸을 날렸다.

그녀의 몸이 강렬하게 타오르더니, 이내 엄청난 초고열을 만들어 내기 시작했다.

그와 동시에 영웅 주변으로 거대한 막이 생겨났고 영웅을 향해 달려드는 여성의 뒤로 푸른 구슬들이 생성되었다.

거대한 막은 영웅이 피하지 못하도록 막았다.

영웅으로 하여금 바깥으로 빠져나가지 못하게 만들어 여성이 발산하는 고열의 능력을 극대화함과 동시에, 그녀의 기술로 인한 지구 파괴를 막기 위함이었다.

푸른 구슬 같은 것은 사이킥 파워를 가진 남성이 달려드는 여성을 지원하기 위해 만들어 낸 것이었다.

그리고 대장의 능력은 이들의 힘을 더더욱 강하게 해 주는 버프 같은 것이었다.

"호호호! 대장의 버프로 인해 내 불길은 태양보다 더 뜨겁고 더 강하게 변하지요! 어디 막아 보세요! 하앗!"

그녀의 몸에서 일어나는 불길은 붉은색에서 푸른색으로 그리고 새하얀 백광으로 바뀌었다.

태양의 중심 온도가 150만 도다.

지금 그녀 주변에 일어나는 불길의 온도는 그보다 높은 3

백만 도였다.

그녀는 자신이 있었다.

이 기술로 눈앞에 있는 영웅을 재로 만들 수 있다고.

그때 그녀의 주변에 있던 구슬에서 푸른 빛줄기가 영웅을 향해 쏘아졌다.

쯔앙-.

퍼퍼퍼퍽-.

푸른 빛줄기들이 영웅의 몸통에 적중하자 여성이 날카롭게 외쳤다.

"그만해! 내 먹잇감이야!"

그와 동시에 여성이 날린 하얀 불길이 영웅의 몸을 완전히 뒤덮어 버렸다.

쿠아아아-.

단순히 타는 정도가 아니라 완전히 소멸시킬 기세로 타오르고 있었다.

잠시 후, 불길이 사라지고 재가 되어 사라지는 영웅의 모습에 다들 입가에 진한 미소를 지었다.

그리고 그 모습은 전 세계로 생중계되고 있었다.

"크하하하! 잡았다! 우리가 잡았다고!"

"어떠냐! 과거엔 영웅이었을지 몰라도 지금은 지구를 공포에 몰아넣는 악당 놈아!"

"호호호! 거봐요. 별거 아니라고 했죠?"

다들 승리의 기쁨에 환호를 지르고 있었고, 그 광경을 무인 드론이 하나도 빠짐없이 전 세계에 송출하고 있었다.

강영웅의 죽음.

전 세계는 충격에 빠졌다.

특히, 미국 초인들은 실망감을 감추지 못했다.

"뭐야? 겨우 저 정도 온도도 못 버티고 죽었다고? 우리가 알고 있던 강영웅의 신화는 전부 거짓이었나?"

"본래 소문이라는 것은 부풀려지기 마련이지."

"그럼 이제 우리가 세계 최강이 된 건가?"

"크크, 그렇지. 저 유럽 놈들쯤이야."

한국에선 한바탕 난리가 났다.

"저, 저거 지금 가짜지? 페이크 영상으로 속이는 거지?"

"그런 짓을 왜 하겠어! 저건 진짜야……. 진짜로 우리의 영웅이 죽은 거라고."

"말도 안 돼! 그는 불사신이야! 절대 죽을 리가 없어!"

국민뿐 아니라 한국 정부도 공황 상태에 빠져들었다.

"아, 안 돼! 한국의 미래가! 우리의 희망이……."

대통령은 다리에 힘이 풀렸는지 바닥에 주저앉았다.

전 세계에 영상을 송출해 충격과 공포를 준 무인 드론이 갑자기 초점을 다시 맞추기 시작했다.

그러다가 드론이 조금씩 움직이더니 하늘 위로 카메라 화면을 전환했다.

강렬한 태양 빛으로 인해 영상이 하얗게 나올 무렵 그 빛 사이로 인간의 형태가 보이기 시작했다.

무인 드론이 그 형상을 최대한 줌인하자, 그것의 정체가 드러났다.

영웅이 해맑게 웃으면서 환호하며 기뻐하는 유럽의 초인들을 바라보고 있었다.

"제법이네. 설마, 내 분신을 완전히 소멸시킬 줄은 몰랐는데?"

환호하던 유럽팀은 갑자기 들려오는 목소리에 황급히 고개를 들어 위를 올려다보았다.

"마, 말도 안 돼······."

그리고 자신들을 향해 환하게 웃고 있는 영웅을 바라보며 믿기지 않는다는 표정을 지었다.

영웅은 긴장한 표정으로 자신을 바라보는 이들에게 말했다.

"자, 이제 내 차례지?"

영웅의 말에 네 사람은 침을 꿀꺽 삼키고는, 이내 다시 굳건한 표정으로 영웅을 노려보기 시작했다.

그런 그들에게 손을 펼쳐 보이며 나직하게 말했다.

"초고열이란 말이지, 이런 거야."

여성 능력자의 고열보다 더 뜨거운 불길이 영웅의 손에서 이글거리기 시작했다.

그 열기는 영웅과 유럽 초인들을 촬영하던 드론을 순식간에 녹여 버리고 주변의 공기마저 증발시켜 버렸다.

"살짝 맛만 보여 주지."

픗ㅡ.

말이 끝남과 동시에 영웅의 손에서 이글거리던 새하얀 불길이 사라졌다.

불길을 거둔 것일까?

"꺄아아아악!"

아니었다.

영웅의 손 위에 있던 불길은 불을 다루던 여성 초인에게 옮겨붙은 상태였다.

엄청난 초고열로 공격하는 것이 특기였던 그녀는 영웅이 날린 작은 불길에 고통스러운 비명을 질러 대고 있었다.

"알레나!"

그녀의 비명에 동료들이 재빨리 다가가 불길을 끄려 했지만, 작은 불길인데도 거기서 나오는 열기는 상상을 초월하고 있었다.

대장은 재빨리 그녀에게 버프를 걸어 주었고, 또 다른 동료는 그 불길 주변으로 막을 형성해 불길로부터 그녀를 떼어 내려 했다.

그때 불길이 언제 그랬냐는 듯 사라졌다. 불길에 고통스러운 비명을 지르던 그녀는 정신을 잃고 바닥으로 떨어지기 시작했다.

　　옆에 있던 동료가 재빨리 그녀를 붙잡고는 영웅을 노려보기 시작했다.

　　"어찌 이렇게 잔인해진 것입니까!"

　　"잔인? 와……. 아까 너희가 내 분신을 가루로 만든 건 뭐 전체 관람가냐? 내로남불도 유분수지. 그게 분신이 아니었으면 당하는 건 나였는데 말이지."

　　"그, 그건……."

　　"그리고 나 원래 잔인한 사람이야. 몰랐지? 악당들은 나를 BB맨이라 불렀어. 그게 무슨 뜻인지 알아?"

　　"모, 모르오."

　　"알려 줄게."

　　파앗-.

　　순식간에 이동한 영웅은 남자의 팔을 붙잡았다.

　　빠각-!

　　"끄어어억!"

　　"본 브레이커를 줄여서 BB맨이라고 불렀지. 그게 바로 나야."

　　기이한 형태로 꺾인 자신의 다리를 보며 고통에 찬 비명을 지르는 남자.

신체의 능력 또한 초인급으로 강해졌지만, 영웅 앞에서는 소용없었다.

영웅이 이들에게 강하게 나가는 이유가 있었다.

이제 곧 자신은 이곳을 떠날 사람이다.

물론 분신을 남겨 두고 갈 테지만, 분신의 힘을 능가하는 초인이 등장하지 말라는 법은 없었다.

그랬기에 압도적인 공포심을 심어 줄 필요가 있었다.

뭘 해도 안 된다는 공포.

절대로 이길 수 없다는 공포.

그래서 조금의 자비도 주지 않고 이들을 몰아붙였다. 압도적인 공포심을 심어 주기 위해서.

"대장을 놔줘!"

다른 초인들이 영웅에게 달려들었다. 하지만 곧 그들 역시 영웅의 본 브레이커에 뼈가 부러지고 관절이 꺾인 채 고통스러워했다.

빠각- 우두둑-.

"끄아아악!"

"끄어억!"

고통스러워하는 그들에게 영웅이 나직하게 말했다.

"오늘 일을 교훈 삼아 앞으로는 정의와 평화를 위해서만 그 힘을 써야 한다. 안 그러면 내가 다시 너희를 찾아가서 오늘 경험했던 고통의 열 배를 경험하게 해 줄 테니."

그리 말하고는 씩 웃으며 스트레칭으로 손을 풀기 시작했다.

"자, 그럼 오늘 제대로 교육 좀 해 볼까? 나도 간만이라 잘 되려나 모르겠네."

초인들은 자신들을 향해 손을 뻗는 영웅을 피하려고 발버둥을 쳤지만, 결국 영웅에게 잡히고 말았다.

그날 온종일 그곳에서는 초인들의 비명이 울려 퍼졌다.

미국 텍사스 51구역.

"홀리 쉿! 뭐야? 갑자기 화면이 왜 나오지 않는 거야!"

유럽 초인의 공격에 죽은 줄 알았던 영웅이 다시 등장하고 이제 싸움이 어찌 전개되려나 궁금증이 폭발하려던 그 순간, 영상이 팍— 하고 꺼진 것이다.

처음에는 모니터에 문제가 있는 줄 알고 모니터 이곳저곳을 살펴보았지만, 이내 아나운서의 얼굴이 나오면서 모니터 문제가 아니라는 것을 깨달았다.

"부쉈군. 아마도 그곳에서 자신을 촬영하던 드론들은 전부 부쉈을 거야."

"뭐가 두려워서? 한번 붙어 보니 저들에게 안 될 것 같아서 그러나?"

"그건 아닌 거 같은데. 웃는 모습이 두려움에 떠는 모습이 아니었어. 뭐랄까……. 재미난 장난감을 발견한 아이 같은 모습?"

"됐다, 됐어. 김만 새네. 아! 우린 도대체 언제 출동하냐고!"

루크아이언이 지겹다는 표정을 지으며 외쳤다.

그러자 옆에 있던 잭트리가 진지한 표정으로 말했다.

"아마도 우리가 출동하는 일은 없을지도 모르지."

"그게 무슨 소리야?"

"미국에는 대초인 결전 병기가 있잖아."

"그럼 우린?"

"우리는 미국 정부를 위해 일할 특수부대원이 된 거지. 알면서 물어봐."

"젠장, 그래도 강영웅처럼 히어로 노릇은 하게 해 주지."

"크큭, 너는 꿈도 크다. 정부 놈들이 어떤 놈들인데. 강영웅을 제거하자마자 우리를 이용해서 전 세계를 장악할걸. 과거의 영광을 되찾기 위해서 말이지."

이들은 강영웅과 유럽 초인들의 대결을 보지 못하게 되자 수다를 떨며 시간을 보내고 있었다.

그렇게 얼마간의 시간이 지났을까.

잭트리는 뭔가 이상한 기분을 느꼈다.

누군가가 자꾸 자신들을 지켜보는 기분.

아까부터 계속 몸에서 소름이 돋고 있었다.

"이상하군. 아까부터 계속 몸에서 소름이 돋아."

"어? 너도? 나도 그런데. 이거 혹시 초인이 된 부작용 뭐 그런 건가?"

"모르겠어. 누군가가 지켜보는 기분도 들고."

"어? 나도! 나도 그래!"

다들 똑같은 현상을 경험하자 리더인 톰워터가 자리에서 벌떡 일어나더니 주변을 둘러보기 시작했다.

"포스 스캔!"

순간 방 안 전체가 붉게 변하더니 격자 줄무늬 같은 것들이 3차원 입체 영상을 보는 것처럼 방 안을 가득 채웠다.

그때 한쪽, 격자무늬들이 아무것도 없는 공간에서 사람 형상이 보였다.

그것을 발견한 루크아이언이 재빠르게 공격했다.

"이런, 불청객이 있었군. 사이킥 커팅!"

차캉—!

루크아이언의 사이킥 파워가 사람 모양을 한 무언가를 공격했지만, 너무도 쉽게 튕겨 나갔다.

그와 동시에 보이지 않던 인영이 점차 모습을 드러내었고, 그 정체를 확인한 미국 초인들은 화들짝 놀랐다.

"강영웅!"

"여, 여긴 어떻게?"

그랬다.

투명화되어 이들을 지켜보던 미스터리한 인물은 바로 강영웅이었다.

영웅은 방 안 이곳저곳을 두리번거리며 말했다.

"아까 봤지? 유럽 애들이랑 붙는 거. 생각해 보니 너희랑도 붙어야 하는데 내가 좀 바쁘거든. 그래서 아예 오늘 날 잡고 다 처리하고 가려고 왔지."

"기고만장하구나! 여긴 어찌 알았지?"

"그게 내 능력이다. 궁금하면 직접 알아보든가."

영웅의 말에 다들 그를 바라만 보았다.

그때 톰워터가 앞으로 나서며 말했다.

"차라리 잘되었다. 이자는 지금 군사 통제 구역에 침입한 침입자다. 죽여도 뭐라 하지 않겠지."

"대장, 여긴 너무 좁은데? 자칫하면 기지 전체가 무너질 수도 있어."

"맞아. 걔들 신경 쓰면서 싸우면, 우리가 힘을 제대로 쓰질 못해."

대원들의 말에 톰워터가 영웅을 바라보며 물었다.

"장소를 옮겨도 되겠나?"

"물론, 대신 내가 정한 장소로 가자."

영웅의 말에 톰워터가 고개를 끄덕였다.

"좋다. 위치를 말해라. 우리가 그곳으로 가지."

"아니, 내가 너희 전부를 데려가 주지."

"뭐?"

딱-.

미국 초인들을 바라보며 미소 짓던 영웅은 손가락을 튕겼다.

스팟-.

시끌벅적했던 방은 어느새 아무도 남지 않아 정적만 흘렀다.

쾅-!

순간 방문이 세차게 열리며 장군 계급으로 보이는 남자가 다급한 표정으로 들어왔다.

"헉헉헉! 어, 없어? 비, 빌어먹을! 비상! 비상이다!"

<hr />

"여긴?"

"어? 저거 많이 봤어! 무슨 산이랬는데……."

"후지산."

"그래! 맞아! 후지산! 가만……. 후지산이면 일본이잖아? 여기는 일본?"

미국 초인들은 영웅의 손에 이끌려 이동한 곳을 둘러보다가, 이곳이 일본이라는 것을 알고는 놀란 표정을 지었다.

"뭐지? 왜 이곳으로 우리를 데려온 거지?"

톰워터의 물음에 영웅이 어깨를 으쓱하면서 답했다.

"아, 일본 애들도 손을 좀 봐야 하는데 여기서 너희랑 싸우면 저절로 이곳에 피해가 갈 거 아냐. 그래서 데려온 거야."

영웅의 말에 톰워터가 그를 보며 황당한 표정을 지었다.

"세상이 잘못 알고 있었군. 너는 히어로 따위가 아니었어."

"맞아. 나는 한 번도 히어로라고 한 적 없어. 다 사람들이 그렇다고 우긴 거지."

"그럼 오늘 히어로 탈을 쓴 악당을 처리하는 날이군. 양심의 가책 같은 건 가질 필요 없겠어."

톰워터의 말에 영웅이 피식 웃었다.

"양심의 가책? 하하하! 아까 네놈들이 하는 이야기 다 들었는데 무슨. 그만 떠들고 덤벼라, 나 바쁘다."

손을 까닥이며 말하는 영웅의 모습에 성격이 가장 급한 잭트리가 몸을 부풀리면서 달려 나갔다.

"그 말을 기다렸다! 그대로 깔아뭉개 주마! 롤링 파워 붐!"

잭트리가 영웅을 향해 엄청난 속도로 돌진했다.

그의 능력은 무지막지한 파워와 그 무엇으로도 뚫을 수 없는 단단한 육체였다.

파워와 단단한 육체를 바탕으로 하는 전투가 잭트리의 방식이었다.

소리의 장벽을 돌파하면서 거대한 충격파가 일어났고 공기

와의 마찰로 인해 잭트리의 몸이 달궈진 철처럼 붉게 변했다.

그리고 그대로 영웅을 덮쳤다.

쩌엉-!

잭트리가 영웅과 부딪칠 때의 파괴력은 소형 핵폭탄과 맞먹을 정도의 위력이었다.

그러나 이들도 그렇지만, 초인들을 만든 미국도 한 가지 착각한 것이 있었다.

바로 영웅이 얼마나 강했었는지에 대한 착각.

그 착각의 가장 큰 이유는 영웅이 실제로 힘을 쓰는 광경을 본 적이 많지 않았기 때문이다.

실제로 영웅이 세상에 보여 준 장면은 무너지는 다리를 들어 올려 주거나 재난이 일어난 곳에 가서 사람들을 구해 주는 광경이 대부분이었다.

과거 그를 잡기 위해 악의 세력들이 했던 공격에 대한 데이터는 없었다.

실제로 한 번, 테러 단체에서 영웅을 죽이기 위해 무인도로 유인해서 핵을 터트린 적이 있었다.

히로시마에서 터진 핵보다 무려 1백 배나 강한 것을 러시아 밀수 시장에서 공수해 설치했다.

그때도 아무런 상처 없이 멀쩡하게, 엄청난 방사능과 이글거리는 열기 속에서 미소 지으며 걸어 나오던 그였다.

그때의 정보가 세상에 나오지 않은 이유는, 그때 영웅을 공격한 일에 가담한 사람들이 전부 겨우 숨만 쉬며 살아가는 식물인간 상태가 되었기 때문이다.

또 한 번은 숨어 버린 악의 무리를 끌어내기 위해 그들의 공격이 통하는 척한 적도 있었다.

그때 전 세계 사람들이 크게 놀라며 걱정했었다.

물론, 영웅의 연기였다.

그런 그에게 소형 핵폭탄급 위력이 통할 리가 없었다.

하지만 이들은 그것을 알지 못했기에 지금껏 자신이 있었던 것이다.

그들의 머릿속에는 오직 영웅의 히어로 활동 모습과 테러 단체에 당한 공격으로 비틀거리던 모습이 남아 있기에 자신들의 능력이 통하리라 생각한 것이다.

이런 착각은 유럽연합도 했고 러시아, 중국, 일본 역시 했다.

그래서 그들도 초인을 만들면 영웅을 이길 수 있을 거라 생각했다.

과거 영웅이 소행성을 막아 낼 정도로 강했다는 사실은 기억에서 지워 버린 채.

아니 지운 것이 아니라 요행이었다고 생각했을 것이다.

특히 미국에서 만든 초인들은 각자 능력으로는 과거 영웅을 능가하게끔 했다고 했지만, 과거에 영웅은 자신의 진짜 힘을 제대로 사용한 적이 없었다.

물론, 자신이 가진 힘의 0.1%로 만든 분신을 날려 버린 것은 그도 놀란 장면이었다.

0.1%면 대략 1천3백만 정도의 전투력이었고, 그 정도 전투력이면 아더와 비슷한 수준이었다.

즉, 이들은 아더는 가볍게 이길 수 있을 정도의 능력을 갖췄다는 소리였다.

그것만 해도 대단한 것이었다.

이들의 자신감이 하늘을 찌를 만한 이유가 있었던 것이다.

이런 사실들을 모르는 잭트리는 연신 자신의 능력을 이용해서 영웅을 몰아붙이고 있었다.

쩡쩡쩡—!

부딪칠 때마다 충격파가 일어나며 주변을 초토화시켰지만, 정작 공격을 받고 있는 영웅은 미동도 하지 않았다.

"크흑! 뭐, 뭐야! 내 능력이 토, 통하지 않는다고? 이럴 리가 없는데?"

당황하는 잭트리의 모습에 영웅이 피식 웃으며 물었다.

"뭐가 이럴 리가 없는데?"

"과거 네놈의 힘과 능력은 우리가 전부 수집했다! 그 데이터를 바탕으로 만들어진 것이 바로 우리! 이론상이면 방금 내 공격에 너는 날아가야 맞다!"

"내 힘? 능력? 그건 또 언제 몰래 측정을 했대."

"미국의 기술력은 세계 최강이다! 우습게 보지 마라!"

애국심이 넘치는 잭트리였다.

그런 잭트리와 다른 초인들에게 영웅이 피식 웃으며 말했다.

"너희도 그러냐? 내 데이터를 기준으로 만들어진 거냐?"

"그렇다."

초인들의 대답에 영웅이 미안한 표정을 지었다.

"아, 그래? 이런…… 어쩌나? 나는 단 한 번도 제대로 된 힘을 사용한 적이 없는데."

"뭐?"

"단 한 번도 제대로 된 힘을 사용한 적이 없다고. 너희가 가지고 있는 데이터는 아무 쓸모가 없다는 소리지."

"그, 그럴 리가 없다! 속지 마라! 저놈이 우리를 흔들기 위해 거짓말을 하고 있다!"

핏-.

잭트리의 외침과 동시에 눈앞에 있던 영웅의 모습이 사라졌다.

그리고 잭트리는 복부에서 올라오는 충격에 자신도 모르게 고개를 내렸고, 보았다.

어느새 자신의 복부 깊숙이 꽂힌 영웅의 주먹을.

퍼어억-!

"커허헉!"

거대한 덩치가 기역 자 모양으로 꺾였고, 고통스러워하는 잭트리의 머리 위로 영웅의 발 차기가 반월을 그리며 날아오고 있었다.

슈아악-.

쩌엉-!

위에서 아래로 내려오는 강력한 발 차기에 적중하는 순간 커다란 폭음과 함께 충격파가 발생했다.

투명한 파동은 사방으로 퍼져 나갔다.

단단한 몸이 능력인 잭트리는 그 충격을 이겨 내지 못하고 그대로 기절한 채 지면을 향해 빠른 속도로 떨어져 내렸다.

쿠콰콰쾅-.

잭트리가 떨어진 지면은 마치 운석이 떨어진 것처럼 거대한 크레이터가 생겨났고, 그에 따른 후폭풍이 근처에 있던 발전소들을 덮쳤다.

콰콰콰쾅-.

퍼펑- 콰르르-.

발전소들이 터져 나가며 검고 짙은 연기가 사방을 뒤덮기 시작했다.

"잭트리! 이 새끼! 죽이겠다! 으아악!"

분노한 루크아이언이 강력한 위력의 사이킥 파워를 영웅에게 끊임없이 날리기 시작했다.

루크아이언이 날린 사이킥 파워는 영웅이 전부 튕겨 내었는데, 신기하게도 각기 다른 방향으로 튕겨 내었다.

"빌어먹을. 저놈은 지금 우리의 힘을 이용해서 일본의 인프라를 박살 내는 중이다. 방금 루크의 사이킥 파워로 일본의 공단과 항구가 박살 났다."

남은 미국 초인들은 왜 영웅이 전투 장소로 일본을 택했는지 다시 한번 깨달았다.

정말 자신들과 전투를 하는 동시에, 일본의 인프라를 박살낼 생각인 것이다.

"루크! 그만해! 넌 지금 이용당하고 있어!"

톰워터의 외침이 들리지 않는 모양이었다.

너무 무리한 탓일까?

순식간에 탈진한 그는 더는 사이킥 파워를 끌어내지 못했고 휘청거리기 시작했다.

그런 그에게 영웅이 순간 이동으로 접근해 속삭이며 그를 제압했다.

"고생했다. 덕분에 수월하게 일본에 벌을 내렸네."

루크는 이미 기절했기에 영웅의 속삭임을 듣지 못했지만, 나머지는 생생하게 들었다.

"악독하구나! 일본의 국민들은 죄가 없다!"

"남의 나라를 단체로 괴롭힌 주제에 잘도 그런 말을 입에 담는구나? 그럼 그동안 당한 우리 국민은? 죄가 있어서 그런 고통을 당했어?"

"그것은 그들이 선택한 길이다! 그들이 뽑은 정부로 인해 고통을 받은 것이니까!"

"말 잘했네. 이들도 마찬가지지. 자신들이 선택한 길이다. 이들이 뽑은 정부니까."

"이들은 죄가 없다! 너희는 지구의 평화를 위협하는 물건을 만들었기에 전 세계가 제재한 것이다!"

톰워터의 말에 영웅의 표정이 굳었다.

"지구의 평화? 아니지. 지구의 평화를 원했다면 더더욱 지지했어야지. 100% 완전한 친환경적인 에너지를 개발한 것이니까. 그건 변명일 뿐이야. 너희가 가진 지위를 한국에 뺏길까 봐 그게 두려웠던 것이지."

"말이 통하지 않는군. 일단 네놈을 제압한 뒤에 계속 이야기를 하지."

"날? 그게 과연 가능할까?"

"훗, 발밑을 보시지."

톰워터의 말에 고개를 내려 보니, 영웅의 발아래에 황금색으로 빛나는 마법진이 일대를 다 뒤덮을 정도로 넓게 펼쳐져 있었다.

"너와 대화를 하는 도중에 설치한 것이다. 이제부터 너에게 가해지는 대미지는 기존의 열 배다. 잘 버텨 보도록!"

톰워터의 말이 끝나기가 무섭게 진그라운드가 빛의 속도로 영웅을 향해 주먹을 날렸고, 그런 영웅이 움직이지 못하도록 욘파이어가 자신의 능력인 중력장으로 그를 붙잡았다.

피잉―.

번쩍― 번쩍―.

진그라운드의 움직임이 어찌나 빠른지 점멸하는 형광등처럼 끊임없이 사라졌다 나타났다를 반복하고 있었다.

수백 번의 공격이 매초 영웅에게 꽂히고 있었다.

진그라운드의 광속 공격은 한 방, 한 방이 전술 핵폭탄급이었다. 지금은 그 위력이 열 배 더 강해진 상태.

뒤에서 진그라운드를 지원하는 사람들은 당연히 그의 공격이 전부 영웅에게 적중되는 중이라 생각했다.

하지만 아니었다.

지금 진그라운드는 온몸에 식은땀을 흘리며 크게 당황하고 있었다.

영웅이 너무도 쉽고 느긋한 모습으로 자신의 공격을 다 피하고 있었다.

진그라운드는 이를 악물고 속도를 더 높였다.

기이이잉―.

그의 팔에서 기이한 소리가 들려오기 시작했다.

자신의 한계를 넘은 것이다.

그러나 타격음이 들려오는 일은 없었다.

영웅은 가만히 있는 것 같았다.

하지만 그것은 잔상이었다.

너무 빨리 움직였기에 마치 움직임이 없는 것처럼 보이는 것이다.

"헉헉헉!"

자신의 한계를 뛰어넘어 시도한 공격은 진그라운드를 금방 지치게 했다.

다른 동료들은 어리둥절한 표정으로 그를 보았다.

동료들의 시선을 의식한 그가 힘겹게 말했다.

"괴, 괴물……이야. 그, 그는…….'

지쳐서 말도 제대로 못 하는 그에게 영웅이 말했다.

"제법 빠르네. 하지만 진짜 빠름이란 시공을 초월할 정도여야지."

영웅의 말이 끝남과 동시에 진그라운드의 동공이 하얗게 변하며 힘없이 쓰러졌다.

"진!"

"뭐야? 무슨 일이야? 탈진한 건가?"

도대체 무슨 일이 일어났는지 보지 못한 다른 이들이 당황하여 중얼거리자, 영웅이 친절하게 설명해 줬다.

"탈진한 것이 아니라 내 주먹을 맞고 기절한 거지. 방금 대략 3천7백 번을 가격했거든."

찰나의 순간.

진그라운드가 냈던 광속의 속도를 넘어선 속도로 그를 타격한 것이다.

그것을 본 초인은 아무도 없었다.

그들은 이제야 깨달았다.

눈앞에 있는 영웅은 자신들과 차원이 다르다는 것을.

자신들이 뭔가 크게 착각을 하고 있었다는 것을 말이다.

이제 둘.

호기롭게 따라왔는데 이제 남은 초인은 둘이었다.

욘파이어는 이미 전의를 상실한 상태였다.

자신이 혼신을 다해 중력장으로 영웅을 억누르고 있었는데, 그는 그것을 너무도 쉽게 풀어내 버리고 진그라운드보다 더 빠른 속도로 그를 제압한 것이다.

"우, 우리가 어찌할 수 있는 상대가 아니었어. 미, 미국이 속은 거야."

자신에 대한 믿음이 강했던 욘파이어는 그 믿음이 깨지자 정신력이 붕괴하며 스스로 무너졌다.

이제 남은 건 리더인 톰워터뿐이었다.

그런 그를 바라보며 영웅이 말했다.

"나를 막아야 할걸. 그렇지 않으면 다음 차례는 미국이니까."

톰워터는 그런 영웅을 보며 한숨을 쉬며 말했다.

"정말로 미국도 전부 박살을 낼 생각이오?"

"잘못했으면 벌을 받아야지."

"우리가 여생 동안 한국 국민을 위해 봉사하면서 살겠소. 그것으로 안 되겠소?"

"흠."

영웅은 잠시 생각하는 척했다.

사실 이미 영웅은 세상을 용서하기로 마음먹은 상태였다.

그의 귓속으로 들려오는 전 세계인들의 용서를 비는 목소리가 들려온 탓이었다.

'우리는 벌을 받아 마땅하다! 그는 우리를 위해 목숨까지 걸면서 지켜 주었는데 우리는 그 은혜를 원수로 갚았다!'

'그에게 사과해야 한다. 그가 분노하는 것은 모두 우리의 잘못이다.'

'강영웅! 나의 히어로! 그대는 누가 뭐래도 지구의 영웅입니다. 그대가 분노해서 우리를 어찌한다고 해도 저는 웃으며 받아들일 것입니다!'

지구 곳곳에서 날아오는 용서의 목소리들.

그리고 이러한 반성의 목소리들이 차가워졌던 영웅의 가슴을 따뜻하게 만들고 있었다.

"쳇! 이러면 마음이 약해져서 뭘 할 수가 없잖아."

영웅의 중얼거림에 톰워터의 표정이 밝아졌다.

"요, 용서하시는 겁니까? 진정한 지구의 히어로시여!"

"됐다. 마지막으로 한 번 더 기회를 주는 것뿐이야."

영웅이 툴툴거리며 말하자 톰워터의 표정이 밝아졌다.

"가, 감사합니다! 감사합니다!"

톰워터는 진심으로 감사했다.

그리고 잊었던 기억을 떠올렸다.

자신이 과거에 그를 얼마나 좋아했었는지.

자신도 강영웅의 열렬한 팬이었다.

영웅은 톰워터의 우상이자 동경의 대상이었다.

'내가 왜 그것을 잊고 있었을까.'

그가 지구를 위해 했던 모든 일이 이제야 떠오르기 시작했다.

그가 영웅의 행적을 기억하지 못한 이유는 그의 기억 속에서 영웅에 대한 좋은 기억을 모조리 제거했었기 때문이다.

하지만 모종의 이유로 그것들이 다시 살아났다.

톰워터는 지금 자신이 무슨 짓을 했는지 깨닫고 반성했다.

그 순간 강렬한 기운이 영웅을 향해 날아오는 게 느껴졌다.

톰워터는 그것이 무엇인지 대번에 파악하고는 몸을 날려 그것을 막았다.

빠지지지직―!

"끄어어억!"

시퍼런 뇌전이 톰워터의 몸을 감싸며 끊임없이 그의 기운을 빨아들이고 있었다.

초인 결전 병기 고르고스였다.

이 결전 병기는 초인들이 가진 능력과 기운을 빨아들여 에너지로 전환한 뒤, 그가 생전에 가졌던 능력만큼 고통을 주며 서서히 말려서 죽이는 악랄한 무기였다.

초인이 가진 기운이 전부 소진될 때까지 절대로 사라지지 않고 초인을 죽을 때까지 죽음보다 더한 고통 속에 빠뜨렸다.

극한의 고통 속에서 서서히 죽어 가던 톰워터는 그래도 다행이라는 생각을 했다.

그를 구할 수 있어서 말이다.

'이것으로 조금이나마 그의 은혜를 갚을 수 있는 거겠지?'

그리 생각하니 몸은 고통스러워도 마음은 편해졌다.

마음이 편해지던 그 순간, 신기하게도 몸도 편안해졌다.

"나 참나, 이러면 내가 화도 못 내잖아."

어느새 다가온 영웅이 톰워터의 몸을 감싸고 있는 광선을 흡수해 제거해 버린 것이다.

그리고 망가질 대로 망가진 톰워터의 몸을 치유했다.

"리스토어."

화악-.

순식간에 몸이 회복된 톰워터는 느낄 수 있었다.

전보다 자신의 힘이 더 강해진 것을.

"앞으로 잘하라고 조금 더 불어 넣었다. 좋은 데 쓰라고."

자신이 강해진 이유는 영웅이 자신을 강하게 만들겠다고 마음을 먹어서였다.

그는 신이었다.

지금까지 인류는 신에게 대항했던 것이다.

감동하는 톰워터를 뒤로하고 영웅은 광선이 날아온 쪽을 향해 손을 몇 번 휘둘렀다.

고르고스가 설치된 모든 지역에 거대한 폭발이 일어났고, 초인 결전 병기 고르고스는 너무도 쉽게 세상에서 사라졌다.

영웅은 바닥에 쓰러져 있던 나머지 초인들도 모조리 치료해 주었다.

그들 역시 영웅의 치료를 받고 모든 기억이 돌아왔고, 영웅에게 용서를 빌었다.

"그쪽은 너희가 알아서 정리해라. 그럴 수 있지?"

"알겠습니다! 미국은 저희가 깔끔하게 정리하겠습니다."

"좋아. 그럼 믿고 간다."

그 말을 남기고 영웅이 몸을 돌리는 순간, 다섯 초인은 한국식으로 허리를 숙이며 외쳤다.

"감사합니다!"

이 한마디에 모든 것이 담겨 있었다.

그 모습에 피식 웃은 영웅은 손을 흔들어 주고 순식간에 사라졌다.

＊＊＊

한국 청와대.

영웅이 대통령 앞에 앉아 평온한 표정으로 차를 마시고 있었다.

"고, 고생하셨습니다."

"뭘요. 앞으로 다시는 이번 같은 짓거리는 하지 않을 겁니다."

"그, 그렇겠지요."

경고하고 온다더니 너무 화끈하게 하고 왔다.

한국을 제외한 세계의 모든 나라의 군대를 전부 없애 버리고, 일본은 아예 원시시대로 돌려놓고 와 버린 것이다.

물론 미국 같은 강대국들은 복구하는 데 그리 오래 걸리지 않겠지만, 복구를 해도 예전처럼 한국을 무시하는 행동은 절대로 하지 못할 것이다.

다음 권으로 이어집니다